集英社オレンジ文庫

Friends

今野緒雪

本書は書き下ろしです。

Friends

目次

イラスト／結布

Friends《フレンズ》

今野緒雪

赤い花びら

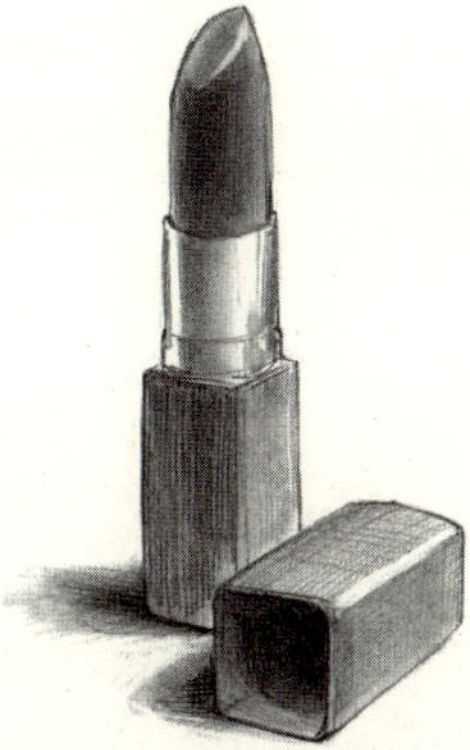

1

「『大学生の女子です。高校以来の女友達に恋愛感情を抱いていると、最近自覚してしまいました。相手が異性ならば、男女の友情は成立するか否《いな》かという話になるのでしょうが、同性ですので複雑です。ちなみに、今までつき合った人は十人ほどいますが全員男性だったので、自分では同性愛者ではないと思っていました――（ペンネーム／六つの大罪）』だって」

最後の「だって」を言いながら、柚花《ゆか》が雑誌から顔を上げた。

「何？」

明らかに私に向けての投げかけだったようだから、いじっていたスマホから指を離して聞き返す。部屋には他にも何人かクラスメイトはいたけれど、柚花が顔を向けた右側にいたのは、その時私だけだった。

「なんかさー、カスミと碧《みどり》みたいだなー、とか」

ピンク色に染めたフワフワのセミロングの髪を一束摘《つ》まんで、その毛先で鼻の下を撫《な》でる柚花。おいおい、それはフェイスブラシじゃないだろ、てな突っ込みは今は脇に置いてだな。

「はあっ⁉」

まずは、今耳にした聞き捨てならない言葉を、どうにか処理しなきゃならんだろう。私は、椅子《いす》を立ち上がって柚花に詰め寄る。今、あんた何て言った？

「いや、いろんなところはちょっとずつ違うけどさ」

いろんなところがちょっとずつ違うって言ったらさ、それは内容的にはかなり遠くまで離れてしまってないだろうか、友よ。っていうか、私と碧が積み上げてきた四年の友情を暇《ひま》つぶしのネタに軽々と取り上げてほしくないんですけれど。一言言ってやろうと身構えたところで、騒ぎを聞きつけて、窓際の席にいた也子《なりこ》が「何だ何だ」と寄ってくる。ああ、面倒くさい。あんたは、おとなしく碧から借りた英語のノートを写していなさい。なんて言ったところで、素直に従うわけはないか。私はため息をついて、机を挟んで柚花の前の椅子に腰掛けた。

元凶は、柚花が毎週買っているファッション誌の恋愛相談のページだ。

「ふんふん。まあ、人生相談なんてさ、全部本当のことを書いたら自分だってバレちゃう可能性があるから、いろんなところをちょっとずつ変えてさ、特定されないようにするんじゃないの？」

也子は、整髪料で立たせれば立派なモヒカンになる、馬のたてがみみたいな長い黒髪をかき上げて笑う。どうやら、わずか数秒という短い時間の中で、中立でいるより柚花寄りに立ったほうが成り行きが面白くなる、と判断した模様。

「いろんなところをちょっとずつね。也子さん」

「そう。いろんなところをちょっとずつよ。柚花ちゃん」

手を取り合って見つめ合う二人。もちろん先の人生相談のテーマである「同性愛」を意識して、のパフォーマンスである。お目々キラキラ、そしてウルウル。

アホくさ。

まともに相手にするのが間違いだった。私は、小学校の学芸会みたいな演技に興じる二人に背を向けた。午後一の授業が急に休講になったからって、退屈しのぎにクラスメイトをからかって遊ぶな、つーの。

そっぽを向いたら秋臣《あきおみ》と目が合ったけれど、すぐに「俺知らねえ」って感じで逸《そ》らされた。

賢明だ。

女同士のこういうゴチャゴチャしたじゃれ合いに男が参加したところで、良いことなんて一つもない。我々女子との一年間のつき合いの中で、さすがに硬派な彼も学んだようだ。

五月のいい風が室内に入ってくる。二年生になって、大学構内に念願の「住《す》み処《か》」を手に入れた私たちは、授業で教室や実習室に行っている時以外の時間は、大概ここに入り浸っていた。

クラスルームという名目で与えられている部屋なのだが、授業を行うことはないのでいわゆる「教室」ではない。ロッカーがあるからロッカールームと言えなくもないけれど、十組ほどの机と椅子が備えられているので空き時間に自習くらいはできる。広さは高校の教室の半分くらい、だろうか。でも、そんなに窮屈《きゅうくつ》ではない。クラスの仲間たちみんなが揃《そろ》うことは稀《まれ》だから。私たちみたいに、しょっちゅういる人間ばかりじゃない、ってこと。単なる荷物置き場として使っている人も少なくない。というわけで、部屋の片隅《かたすみ》には提出前だったり返却されたりした作品たちがさながら粗大ゴミ置き場のゴミのように積まれていたりするのだ。

私がクラスメイトたちのガラクタのような作品をぼんやり眺《なが》めていると、気を悪くしたとでも思ったのか、也子がフォローするみたいに背後から顔を覗《のぞ》き込んできた。

「なにもさー、これ投稿したのがカスミとは言ってないじゃん」

「事実、私じゃないし」

なんでこの私が、碧に対して同性愛的な感情を抱かなけりゃならんのか。どうしたら、そんな考えが生まれるわけ？

「うん。さすがに私もそうは思わない」

也子は真顔で囁《ささや》いてきた。

「いくらカスミでも、ゼロを十と申告するほど図々《ずうずう》しくないでしょ」

「何よ、それ」

「今までつき合った男性の数」

「……おい」

控えめな突っ込みを入れたところで、雑誌を片手に柚花も「そういえばそうね」なんて也子に同意してくれちゃう。

そりゃ、お察しの通り、男性とのおつき合い経験はありませんけれどね。でもさ、そういうデリケートな話題は、こういうオープンスペースで大っぴらに発表するものではないでしょうが。喩《たと》えて言うならば、生理用ナプキンの入ったポーチをそっと手にして部屋を出ていこうとする女子を捕まえて、「その中身何？」って質問するくらいデリカシーがないぞ。

あー、秋臣はとうとう数学の教科書なんて開き出しちゃったじゃない。たぶん、適当な本とか持っていなかったんだろう。出入り口にたどり着くためには私たちの側《そば》を通らなきゃならないから、部屋を去るに去れなかったんだな。気の毒に。

こうなったら、私がさっさと廊下《ろうか》に出て風通しを良くしてやるしかないかな、と思ったところで、半分ほど開いていた扉が全開して仲間がまた一人顔を出した。

「お、カスミいた。よかった」

見る人が見たら美少年と言えなくもない青年与羽《よはね》はそう言うと、「うん？」と聞き返す私を残して廊下に引き返す。私がここにいるのはかなり日常なことなので、よかったも何もないと思うんだけれど。で、さ。用事があったとして、なぜ私を放置する？

その理由はすぐに知れた。

「どーぞ」

戻ってきた彼は、一人じゃなかった。

「お客さん」

と、紹介されて現れた人物は、私の顔を見ると「やほ」と笑って、持っていたスマホごと手を振ってきた。

「あれ？　睦美《むつみ》どうしたの」

私も思わずスマホを見る。なぜって、彼女こそさっきまでメールで会話していた相手だったからだ。

「実は近くまで来てたから、どうしてるかなって。最初のメールは大学の校門のとこからだったの。すぐに返信なかったら、帰ろうと思ったんだけど。休講だって言ってたじゃない？　だったらちょっと顔を見ていこうかな、って」

それで大学構内に入ったものの、私がどこにいるのか皆目見当がつかない。それでも、学食で与羽を捕まえられたのは幸運だった。「二年生の竜田《たつた》カスミ」と口にしたら、ここまで案内してくれたらしい。

睦美は高校時代の友人だ。会うのは卒業式以来なのだが、一年見ないうちにまーいい女になっちゃって。

「じゃ、場所変えようか」

私は提案した。

「いいの？」

「言ったでしょ。休講なの。次の授業までは四十分くらいはあるから」

現在の仲間たちの、さりげなく向けられる興味本位の視線から逃れたかったのもあったけれど、睦美が単に私の顔を見るためだけにわざわざ訪ねてきたとは思い難《がた》かったからだ。話があるというのなら、とにかくそれを聞かないことには。

私が率先して部屋を出ようとすると、睦美は扉とは逆の、部屋の奥に顔を向けて声を発した。

「碧も来る?」

「碧?」

なぜここにいもしない碧の名前が出てくるのだ、と私が訝《いぶか》しみながら睦美の視線を追うと、庭に面した窓の開け放した片側の空間に果たして碧が、にょきっと生えるみたいに現れた。

「久しぶり睦美ちゃん」

碧は渋い顔をして、取りあえず挨拶《あいさつ》の言葉を述べた。言い忘れたけれど、碧も私と同じ高校だったので、もちろん睦美とも知らない仲じゃない。ただし、相性のほうはあまりよくないようだ。今だって、碧が億劫《おっくう》がって窓から部屋に入ろうとしたところ、そこに睦美の姿を見つけてプチパニック。何しに来たのだろうと様子を窺《うかが》っていたら、逆に見つかってしまった、というストーリーが目に見えるようだ。

「来たければ一緒に来ていいのよ、碧も」

睦美の、赤い花びらみたいな唇《くちびる》が誘う。

「いい」

碧が無表情で首を横に振った。そりゃそうだろうな、と私は思う。これでついてきたとしたら、よほどの鈍感かケンカ好きかのどちらかだ。

「そう。残念ね」

心にもない言葉を口にしてから、睦美はくるりと身体《からだ》の向きを変え、与羽にほほえみかけた。

「案内してくれてありがとう」

「どういたしまして。またどうぞ」

返された笑顔は、雑誌巻頭グラビアを飾る男性アイドルと並べても引けをとらないくらいさわやかだ。

廊下に出て十歩ほど歩いたところで、睦美は振り返ってつぶやいた。

「いい男ね。恋人いるのかしら」

与羽のことを言っているんだとわかったので、知っている範囲で答えてやる。

「いるよ。一学年上の男子学生」

「……そりゃ残念」

今度の「残念」は、さっき碧に吐いたそれよりはずっと気持ちがこもっていた。

私たちは建物を出た。大学構内の喫茶《きっさ》スペースに案内しようと思ったのだが、睦美が「歩きながら話そう」と提案した。木々によって異なる、葉の様々な緑色を眺めながら散歩するのは、なるほど気持ちがいいものだった。

「休講は、何の授業だったの？」

「英語」

答える私の横を、丸太を載せた台車を押した女子学生が忙《せわ》しなく通り過ぎていく。

「へー。普通に一般教養とかあるのね。美大生って、ずっと絵を描いているんじゃないんだ」

「そりゃそうよ」

と言いつつ、私も入学した当初はそう思っていた。ここの学生になれたら、四六時中絵のことだけ考えていていいんだ、って。

ファッションなのか作業着なのか、たくさん絵の具の染みをつけた白っぽい浴衣《ゆかた》を着た男子学生が走りながら小道を横断するのを、睦美は目を丸くして見送る。

うちの大学は、ブランドもののワンピースを着てきれいに化粧《けしょう》している睦美みたいなタイプはあまりいないけれど、いろんなファッションが混在しているので、誰が交じっても特に浮きまくることもなかった。

「余所《よそ》の大学は自分のところと違うから面白いのは当然だけど、ここは特別だわね」

「まあね」

確かに、左腕でイーゼル、右手で犬のリードを持った全身黒ずくめの学生なんて、睦美の通う女子大の構内ではなかなかお目にかかれないだろう。

飲み物の自販機があったので、私たちはペットボトル入りの紅茶を買って側のベンチに座った。

「さっきの部屋、何？」

「まあ、私たちのたまり場みたいな。睦美の大学にはないの？」

「ないよー。やっぱ美大はひと味違うね」

キャップを緩《ゆる》めてから、睦美は「あ」と言って唇をティッシュで拭《ぬぐ》った。赤い口紅が消えると、かなり高校時代の顔に戻る。まだアイメイクとかは残っているのに。それだけこの赤の主張が強かったのだろう。

「きれいな色だね」

ティッシュに落ちた花びらみたいな口紅を覗き見て、私は言った。

「そう？　今年の春の新色。三月くらいだったかな、『グラジオラスレッド』ってＣＭばんばんやってたでしょ」

「ああ」

そういえば、パリコレにも出たっていう今話題のモデルさんがこんな色の口紅をつけて挑むみたいに笑っていたっけ、テレビの中で。初めて見た時も「きれいだな」と思ったけれど、どうせ私には似合わない色だからってスルーしたような記憶がある。

「しかしなぁ」

無防備になった唇で一口紅茶を飲んでから、睦美がつぶやく。

「碧。また身長伸びたんじゃないの」

「そうなの」

大学生にもなって、まだニョキニョキ育っているんだ、あの子ったら。

「カスミと並んで歩いていても、もう双子とか言われないでしょ」

「言われないね」

一方私の身長は中学で止まったきりで高校時代は一ミリも伸びなかった。高校時代はしょっちゅう間違えられるほどそっくりだった私たちなのに、背丈が違うだけでこれほどまでに似なくなるものとは。驚きだ。

「時に」

睦美が私の顔を覗き込んできた。

「合コン、どう？」

「どう、って？」

突然そんな話題に切り替えられても困る。

「男紹介してあげるから、来ない？　って言ってるの。カスミのことだから、まだ恋人とかいないいんじゃないの」

またか。男っ気があるとかないとか、そういうのが見える特殊な眼鏡でも持っているのか、みんな。

「でも。私、そういうのはなー」

あんまり興味がない、っていうか。今すぐ恋人が欲しいとは思っていない、っていうか。

「何も見合いしてすぐに結婚しろって話じゃないよ。もっと気楽に考えなよ。それとも、一生一人でお絵かきして生きていくつもり？」

「いや、さすがにそれは――」

お絵かきはずっとしていきたいけれど、いつかは家庭をもちたいとは思っているのだ。父のような男の人と結婚して、母みたいな「お母さん」になる。小さい頃から、漠然《ばくぜん》とそう決めていた。

「自力で探せるならいいけど？　失礼ながら、この環境ではなかなか見つけられない気がするな。カスミみたいな恋愛偏差値低そうな女子は」

「――」

あ、黙っちゃった私。その通りだって、思っているんだ。確かに、うちの大学の男子学生は恋愛初心者には難度が高すぎる気がしないでもない。

「迷っているなら、GO《ゴー》でしょう。セッティングするから、だめな夜言って」

ショルダーバッグから手帳とペンを出して問う睦美は、「あ」と思い出したように顔を上げた。

「言うまでもないけど、碧には内緒だから」

「……え？」

間抜けな私は、一瞬何のことかわからずぽかんとした表情で聞き返した。

「ちょっと。碧を連れてくるつもりじゃないでしょうね」

ミドリヲツレテクルツモリジャナイデショウネ？　って、どういう意味の言葉だっけ？

「勘弁してよ。何のための合コンよ」

睦美はきれいにブロウした髪をガシガシとかいた。

「カスミが合コンするって言ったら、あの子は絶対についてくるからね。男女の数合わせて、お店ちゃんと予約してやるんだから。来たってあの子の席はないよ。わかる？」

「……わかる」

そりゃそうだよ。合コンなんだから。

実際合コンに参加したことはないけれど、どんなものかはぼんやり理解できる。ドラマとかバラエティ番組とかで、そういうシーンは見かけるから。どっちもテレビからの情報っていうのが、あれだけど。

そうか。そうだよな。合コンなんだから。私は何を考えていたんだろう。いや、何も考えていなかった。考えないくせに、何となくいつものように碧が私の側にいるような気がしていたんだ。

私が黙ってしまったのを、心細くなったと想像したのだろう、睦美は私の肩を抱いて言った。

「安心して。女子メンバーは、高校のクラスメイトを中心に声かけるから」

「……うん」

あれ、ここで「うん」と答えてしまっては、合コンに行くこと自体を承諾したことになるまいか。でも、まあいいか、と思った。確かに、碧とばかり連《つる》んでいるので恋の一つも生まれない、というのも一理ある。

「じゃね。そろそろ行くわ」

睦美は、化粧ポーチの中から口紅を取りだして一塗《ぬ》りした。さっきの『グラジオラス』とは別の、可愛《かわい》らしいピンク色だ。

「ん？　ああ。これから男と会うから」

恋人だろうか、と漠然と思う。高校時代の睦美は、いつでも恋をしていた。

「会う人によって、口紅変えるんだ？」

「そんなの当たり前じゃない。時間があれば、アイシャドウもマスカラもチークも変えるよ。眉《まゆ》の形もね」

コロコロ笑う睦美。

可愛らしいピンクが男性と会う時の色なら、華やかな赤は高校時代の友達と会う時の色なのだろうか。――なんて私がぼんやり考えていると、それを読んだみたいに睦美は言った。

「違うわよ。カスミに見せたくて赤にしたわけじゃない」

「うん」

私のためにつけてきたのだったら、私の前で別の色の口紅を塗り直すことはしないだろう。じゃあ、誰のための赤い唇だったのか。

「いいから、いいから」

睦美は『グラジオラス』のキャップを外して、お昼ご飯のあと口紅を塗り直してない私の唇にそっと華やかな赤をのせた。

「カスミは涼しい目をしているから、唇にこれくらいの色をつけないと寂《さび》しい顔になっちゃう。うん、きれい」

ほら、とファンデーションのコンパクトを開けて私に向けた。鏡の形に丸く切り取られた世界の中には、普段と違う少し華やいだ顔の私が、所在なさげに映っている。

口紅一つで、こんなに変わるんだ。

顔だけじゃない。気持ちだって、少し高ぶっている。ほんのわずかだけれど、点滅した青信号を見ながら小走りで横断歩道を渡りきったあとくらいは、胸の鼓動も速くなっているかもしれない。

ここでいいって言うから、私は睦美を送らなかった。またすぐ会うから、って。次に会うのは合コンの時なのだろうか。歩き出した睦美は、一度振り返って私の唇に向けて指をさした。

「とても似合ってるよ。でも合コンの時は、赤はやめてね。男が引いちゃうから」

私は突然わからなくなった。

普通はこうして鏡で確認したり、何の気なしにガラスに映る姿を目にしたりしなければ会えない自分の顔。そこに、絵の具をのせるみたいに彩色して満足しているのはなぜなのか。

化粧は誰のためにするのだろう。

睦美ならば、会う人のためにする、と答えるに違いない。

高校卒業間近、睦美に誘われて化粧品会社主催の講習会に行った。私はまだリップクリームくらいしか持っていなくて、講習会に参加すればもらえるファンデーションやチークやアイシャドウがセットされたコンパクトが嬉《うれ》しくて、講師の先生の話なんてろくに聞いていなかった。

もしかしたらあの時、重大な話が伝授されていたのだろうか。

化粧はなぜするのか、みたいなことを。

だとしたら、日頃は「まあ大人の女の身だしなみとしてスッピンはやめとくか」くらいの気持ちで適当メイクしかしていない時点で、私は何歩も出遅れていたわけだ。同じ年頃の女子恋愛レースから。

とぼとぼ歩いていると、道端にある花壇の縁《ふち》に座ってる人間を見つけた。私を待っていたのだろうけれど、視線は自分の足もとに向けられていた。

「碧」

声をかけると、すぐに顔を上げる。

「睦美ちゃん、帰った?」

「うん」

どうやら、地面を歩く蟻《あり》を見ていたらしい。

「彼女、アシの腰巻きにくっついてきちゃってさ」

碧の一人称は「アシ」だ。「アタシ」の「タ」が抜け落ちてしまったのか、聞きようによっては「ワシ」にも「アッシ」にもとれるのだが、碧自身が表記したのを見たことがないので不明。

「どこからついてきたんだろうな。ここで下ろしちゃったけど、ホームはアシの家の側だったかもしれない。だとしたら、駅いくつだ？　徒歩も含めるとかなり遠い道のりだよね」

私は蟻一匹を見たところで、そんなことまで思い至らない。でも、碧は考える。まるで自分がその蟻になったみたいに深刻な表情でつぶやく。

「がんばって歩けば仲間のところに帰れるかな。同じ種類だったら、別の巣穴の蟻でも仲間に入れてくれたりするのかな。でも、きっとだめだよね。働き蟻ってみんな姉妹だから見た目が似てても、違うってすぐバレちゃうかもしれない。そうしたら余所者、って言って、寄ってたかっていじめちゃうのかな」

そうかもしれないけれど。でも、蟻とコミュニケーションをはかれない以上、私たちにできることなんてないんだ。

「大学の構内にいた蟻かもしれないよ」

私は気休めを言って、蟻に向けられた碧の意識を現実に引き戻すことにした。

「うん。そうかもね」

もう同じ事故を繰り返さないためか、砂埃《すなぼこり》を落とすためか、碧は腰に巻いていたアジアンテイストの布を一旦外して、その場でぱたぱたと振った。現れた黒のスキニージーンズに包まれた足は、細くて長くて真っ直ぐだ。

ああ、本当に。この子ったら、何でこんなにニョキニョキ育っちゃったんだろう。憎らしいような誇らしいような。碧のことを思う時、私の中でいろいろ複雑な感情が交錯《こうさく》する。碧のほうも同じなのだろうか。

「口紅」

布を腰に巻き直した碧が、唐突《とうとつ》に言った。

「――ああ」

私は、さっき睦美がつけてくれた赤い唇のままだったことにやっと気づいた。そうなんだよ。だから、自分ではどんな化粧しているか見えてないんだから、忘れちゃうんだってば。

「どう?」

睦美と別れた時点でティッシュで拭っておけばよかった。と後悔したって、今更遅い。なので開き直った。

「全然似合わない」

碧は無表情で言った。私がこんな色の口紅を持っていないことくらいわかっているから、睦美のをつけているって察しはついているだろう。碧としては当然気分はよろしくなかろう。睦美とは昔から反《そ》りが合わなかった。

「むしろアシのほうが似合う」

碧は私の唇を自分の人差し指でなぞって、それを自分の唇につけた。私と碧は同じ系統の顔だから、私に似合わないのならば碧だって、となるはずなのだが、碧が言ったみたいになぜだか私より碧のほうが何倍も映《は》えているのだった。チビの私には大人びた色が似合わないのか、それとも碧の「どうだ」と言わんばかりの挑むような表情が口紅に負けなかったせいなのか。

似合うのがわかったからもう用済みとばかりに、碧は自分の右手の甲《こう》を押し当てて口紅を落とした。

「みんなに見せたらよかったのに」

「ただで？　もったいない」

ちろり、と、舌が出る。案外ケチだ。

「それに、どうせ見せるならフルでメイクしないと。中途半端な化粧なんてすると、柚花とかに笑われちゃうよ」

そうだった。碧は普段、学校に来るのにUVケアの乳液とリップクリームだけしかつけてこない。親友の私でさえ、フルメイクをしたところを見たのはこれまで二、三回だ。

「そのきめの細かい肌《はだ》がスッピンってのが、もはや嫌みなんだけど」

「こればっかりは生まれながらなんだから仕方ない。ご先祖の皆さん、ありがとう」

合掌《がっしょう》してから、腕時計を見るみたいに右手を顔の前に持ってきてほほえむ。

「きれいな色」

グラジオラスの花が、碧の手の甲の上に咲いている。

碧は、睦美が私にどんな話を持ってきたのか聞かなかった。私も話さなかった。睦美に口止めされたこともあったけれど、この話題を先にしたほうが負けだって。どこかでそんな風に思ったような気がした。

2

私と碧のつき合いは、高校一年生で同じクラスになった時から始まった。きっかけは覚えていない。でも、気がつくと、碧は私の側にいた。どっちかというと、私にひっついていた。そして、よく私の真似《まね》をしたがった。

始まりはリップクリームだったと思う。そのあとはポーチ、ペンケース、シャーペン。時には色違い柄違いのこともあったけれど、まるで二人で示し合わせたみたいに持ち物がお揃いになっていった。同じ物がなかった時でも、碧ときたら、どこからかかなり近いデザインの物を見つけてくるのだ。

持ち物だけではない。髪型までも同じにした。私は高校を卒業するまでボブヘアーだったのだが、碧もそうした。もっとも、碧は元々はショートヘアーだったから、髪が伸びるまでちょっとかかって、秋からのスタートとなったわけだが。

あまりに真似されたので、始めのうちは「やめてくれない？」と抗議したものだったけれど、「だって、カスミのことが好きだから一緒にしたい」と上目遣いで言われてしまうと「まあいいか」ってなってしまうのだ。碧がする、ちょっと寂しげで甘えるような表情に私は弱い。昔飼いたくても飼えなかった子犬の顔に、どこか似ていたからかもしれない。

いつからだろう、碧は私の真似をしなくなった。

三年間同じクラスだったから、学校では相変わらずひっついていたので気づかなかったけれど、私の隣にいながら自分の行くべき道をしっかり見据《す》えていたのだ。

高校二年生になって少し経った頃だったか、碧は美大に進学すると私に打ち明けた。正直、私はうろたえた。私たちが親友になったのは、何も、碧の押しかけ女房的なアプローチに私が屈したからではない。私と碧は気が合った。一緒にいて楽だった。そして、何より絵を描くという共通の趣味でつながっていた。

私たちの絵の実力は、クラスでトップだった。美術の成績は10だったし、学園祭のポスターなんか頼まれてはちょこちょこ描いたりもした。だがしかし、そんな程度で美大に行こうなんて思わなかったのだ、私は。

絵を描くことが好きな人間はたくさんいるけれど、絵を描く仕事に就ける人間なんてそうはいないのだから。

大学で美術を学ぶなんて夢物語だ。絵は、これからも趣味で描けばいい。

私は、まあまあ名の知れた大学の英文科に進んで、将来は通訳になるんだ、なんて堅実な道を歩むつもりでいた。

それなのに、それなのに、碧が美大だって？　どういうこと？

碧は、ちゃんと算段をつけていた。うちの高校に男女一名ずつの推薦枠《すいせん》がある美大を見つけ、そこに照準を合わせた。もし枠から漏《も》れた場合に備えて、美大受験予備校にも通い出した。

どこが夢物語だ。将来のことは脇に置いておくとして、入学するだけならぐんと現実的な話になっているではないか。

もしかして、美大に行けるんじゃないか。私だって。

碧の希望進路を聞いてから数日間、心が沸《わ》き立って仕方がなかった。

私も、美大に行きたい。抑えつけていた気持ちがどんどんあふれ出してきた。

もう、誰も私を止められなかった。

私は美大に行く。

初めて碧の真似をした。

進路を変更したいと話した時、母は「そう」とだけ言ってうなずいた。父は「応援してやることしかできないが、がんばれ」と肩を叩《たた》いてくれた。母方の祖母は「おやまあ」と笑い、上の妹は不機嫌な顔をし、下の妹は何のことかわからずただ首を傾《かし》げた。

二つしかない推薦枠に手を挙げたのは三人で、落ちたのは私だった。けれどそこで諦《あきら》めるなんてできやしなかったから、予備校の講習に通って絵の修行をした。幸い我が高校は進学校だったので、実技以外の筆記試験については特別なことをしなくても何とかなりそうだった。

私は美大を数校受験したが、合格したのは奇《く》しくも推薦枠があった例の大学だけだった。それが、うちの大学。

そういったわけで、未《いま》だ碧と同級生をやっている。

駅を出たら、乗りたかったバスがちょうど出発したところだった。

ちょっと待ってよ。ってことは、あと十分は来ないってこと？　右にチカチカ点滅するバスの赤いウインカーが、まるで私にバイバイしているみたいで、つい「けっ」と口をついて出た。待っていた客をバスがすべてのみ込んで出発した後のバス停には、聞きとがめる人間なんていなかったから別にいいのだ。

今日はなんか、タイミングが悪い。英語が休講なのは朝から知っていたけれど、そのあとの美術史も急に休みになった。わかっていたら、午前中で帰れたじゃん、とみんなでぶーぶー言ったけれど、休講は嬉しいのでわらわらと散った。

碧は私と同じ電車に乗って、先に降りた。

まあ、英語が休講で、美術史の休講が遅れて発表になるというこの状況でなければ、睦美とうちの大学で話をするなんてことにはならなかったわけで、タイミングが悪いのかいいのかは何とも判断つかないのだが。

「……いや」

やっぱりタイミングは悪いんじゃないか。

私は空を見上げた。黒い雨雲が頭上に迫っている。一雨きそうな空模様だ。

朝の天気予報では、お天気お兄さんは降らないと断言していた。だから、傘《かさ》はない。ぽつっ。

ほーら。降ってきた。

苦笑したところで、バスが駅のロータリーに入ってきた。まさか私が乗るバスじゃないだろうとぼんやり見てたら、予想に反して私の目の前で停まった。駅が始発だからここで時間調整することは十分考えられるのだけれど、私とその後ろに並んだ五人の老若男女を乗せると、バスはすぐに出発した。どうやら、全体的に遅れていたらしい。結局五分と待たずに済んだわけだ。

人間万事塞翁《にんげんばんじさいおう》が馬《うま》、と言ったら大げさか。でも、この分なら本降りになる前に家にたどり着けるかもしれない。

　ぽつぽつと、雨粒が窓ガラスに水玉模様を描いていく。赤信号が恨《うら》めしい。道行く女性が、折りたたみ傘を開く。用意がいい人だ。

　碧は傘を持っていただろうか。いや、たぶんない。あの子のことだから、いわゆる「腰巻き」を中東のどこかの民族衣装のように頭から被って帰りそうな気がする。あの布、チープな雑貨屋さんで買った安物だから、雨で色落ちするかもしれない。ボトムスはともかく上は白のTシャツを着ていたから、汚れたら目も当てられないと思う。

　そんなことを考えているうちに、自宅最寄《もよ》りのバス停に着いた。

　思ったより降っている。ぱらぱらといったところか。私はトートバッグを頭上に掲《かか》げて走り出した。デニムジャケットを着ているから、濡《ぬ》れた衣類が肌に張りついて気持ち悪いことはまだなかった。

　急げ。バス停から家までは結構距離がある。本気走りの私の前に、制服姿の女子が立っていた。傘も差さずに、悠長《ゆうちょう》に。雨に濡れるのがお好きなのかしら。どうやら空を見上げているようだった。

　ご勝手にどうぞ。私は濡れたくないから走ります、と心の中でつぶやいて抜こうとしたところで気がついた。苺ミルクチョコレートみたいな甘ったるい色合いの制服に、高校には珍しい制帽。やだ。この馬鹿《ばか》。私の妹じゃないか。

「メグム？」

「あ、お姉ちゃん」

夢から覚めたみたいに、キョトンとした顔で私を見る。苦手だわー、この子のこういうところ。

「『あ、お姉ちゃん』じゃないわよ。何やってるの。すぐ本降りになるよ」

何やってるの、と聞きはしましたが答えてくれなくて結構。雨雲が美しい、とか見とれてたんでしょ、どうせ。はいはい、あなたはそういう感性の持ち主なんだもんね。私みたいな凡人とは違うんでしょうよ。

「先行くからね」

とにかく、一度注意はしたから。私は再び駆《か》けだした。メグムにつき合って濡れ鼠《ねずみ》になるなんて、まっぴらだ。背後から「うん」と聞こえたから、あとはどうなろうと知ったこっちゃない。

住宅街のアスファルト道路を走る。余所さまのお宅の庭木が塀《へい》の上から突き出ている場所を選んだりして。スニーカーでよかった。でも布だから、泥はねとかしちゃったら布で拭くくらいじゃ落ちないな。——なんて考えながら角を曲がったところで、足が止まった。

「どうしたの？」

追いついたメグムが、私に問いかけた。

「ほら、見て」

人差し指を前方に向ける。私たちが立っている場所から三軒ほど先のお宅の前に、引っ越し業者のトラックが駐《と》まっていた。

引っ越し屋さんの車が物珍しいのではない。そんなの、その辺の大通りで、頻繁《ひんぱん》とまでは言わないが普通にスイスイ走っているし。

では、なぜ私は気になったのか。それは、このトラックが駐まっていたのがただならぬ家の前だからだ。

お化け屋敷《ホーンテッドマンション》。

この辺りではちょっと珍しいほど大きな敷地で、庭木が高い塀からはみ出るように茂《しげ》った様はまるで森。鬱蒼《うっそう》とした庭のせいで中の建物がどうなっているのかもよくわからないし、子供たちの間で囁《ささや》かれる都市伝説的な噂《うわさ》話も手伝って、そのような通称で呼ばれているのだ。

「引っ越すのかな、引っ越してきたのかな」

メグムが私に意見を求める。

「それを確かめるため、お姉さんは雨に濡れているのだ」

「なるほど」

それが判明するまで、そう時間はかからなかった。引っ越し業者のお兄さんが、トラックの荷台から荷物を抱えて出てきて、敷地内へと消えていった。——ということは。

「引っ越してきたんだ」

それだけわかれば十分だ。私は走り出した。メグムもあとに続く。我が家は位置的にはホーンテッドマンションのすぐ裏手にあるからそうは遠くないんだけれど、道をぐるっと回らないとならないから結構時間がかかるんだ。

マンションのエントランスを入った頃には、私の服も、メグムの制服も結構濡れてしまっていた。

私たちは無言でエレベーターに乗って、三階の我が家にたどり着いた。

「ただいま」

玄関には、一番下の妹キリのキャンバスシューズがあった。一見すると、乾いている。小学三年生は雨が降る前に帰宅したのだろう。うらやましいこと、と思ったけれど、キリのご機嫌はあまりよくないようだった。

本人は何も言わなかったけれど、態度でわかる。彼女は椅子に腰掛け、ダイニングテーブルの上に頭を載せたままの姿勢でふて腐れていた。

私たちが帰ってきた気配があっても微動だにしないから、大丈夫かなと心配しかけたけれど、家には母もいたし、キリが癇癪《かんしゃく》起こしたり不機嫌になったりすることはよくあることなので放っておくことにした。

しかし、これがミステリーだったら笑っちゃうな。ソファに赤いランドセルが乱暴に放置されているのはともかく、被害者が手に握ってるキュウリスティックって何だろう。ダイイングメッセージか？　何を伝えたかったんだ？

「どうしたの？」

まあ、状況を把握《はあく》したいので、私はキッチンから出てきた母に小声で尋《たず》ねた。知らずに下手《へた》にキリを刺激して、こんがらがっちゃうのも面倒だ。

「大したことじゃないんだけどね。お母さんとキリの意見が合わない、ってだけ」

「ふーん」

この家でかなりの実権を握っているお母さんとケンカしたって、得することなんて一つもないんだけどな。まだまだ青いな、小学生。

ま、いいけどね。私は洗面所に向かった。さあて。うがいと手洗いを済まして、私も野菜スティックのおやつをもらおう。

うがいを終えてコップを濯《すす》ごうとすると、縁にほんのわずか口紅がついているのに気がついた。

グラジオラスレッド。

碧の指先がなぞっていった時、拭いきれずに少し残っていたのだろう。

(だーかーら)

頻繁に化粧直しなんてしないし、ガラスに映った自分をチェックとかもしないんだって、私は。

こんな私が、恋なんてしてもいいのだろうか。

好きな男性ができたら、ファッションや化粧に気を遣ったりするようになるのだろうか。

ああ、キリじゃないけど何だかもやもやする。

雨のせいだろうか。

3

「月《つき》埜《の》川《かわ》学園の制服って可愛いね」

私は、コットンのキャミソールの背中に向かって言った。先に子供部屋に帰っていたメグムは、ちょうど着替えの最中だった。ハンガーに掛《か》けられた制服は、本当に可愛くて、顔が整っている妹にまたよく似合うのだ。アイドルグループのユニフォームを着ているみたいに。

「そう?」

素っ気ない返事。メグムは振り返らなかった。

もちろん本心で「可愛い」と言ったんだけれど、同時にこの言葉が凶器だということも私はしっかり認識していた。

メグムは、受験に失敗して第二志望だった月埜川学園高校に入学した。月埜川学園はのんびりした校風の女子校で、人気がある。滑り止め、なんてちょっと言いづらい、高倍率の高校だ。去年だか一昨年だか、制服のデザインが変わってからは、ますます入学希望者が増えたと聞く。

でもメグムは、この可愛い制服を着たかったわけじゃない。

私の母校の、何でもない紺色のブレザーを着たかったのだ。

「私もこんなの着たかったなー」

「……」

まあ、答えようがないわな。こんな姉の意地悪に、いちいちつき合うなんて馬鹿馬鹿しいんでしょうよ。

泣けばいいのに。私は思った。

私に向かって、殴りかかってくればいいのに。そうしたら、私だって遠慮なくメグムを叩くことができる。

何で我慢する。攻撃されたら戦えよ。相変わらずのいい子ちゃん。あー、イライラするったら。

私は、自分だけきれいな場所にいて汚れようとしないメグムが大嫌いだ。

きれいといえば、私より美人なのも気にくわない。私たちのことをご近所では美人姉妹とか呼んでくれるけれど、それってメグムの手柄だってこと、私はちゃんとわかっている。姉妹のうち一人でも美人なら、残りが並でも、引きずられて「美人姉妹」になっちゃうものだ。芸能界にだって、そんな「美人姉妹」は結構いる。

そうそう。私が美大に行ったことを心の中で「ずるい」と責めているところも、頭にくる。いいか、私はあんたが生まれる前から絵を描いているんだからね。ずっと絵を描いて生きていきたいと思っていたけれど、それは夢物語だって思ったから口に出さなかっただけ。「大きくなったら絵描きさんになる」とか無邪気に言っていた幼稚園生の真似して美大に行った、と本気で思っているわけ？　ご冗談を。私に「真似っ子」と言っていいのは、この広い世界にたった一人、中岡《なかおか》碧だけだから。

なーんてね。心の中で文句言っている私も、結局メグムと変わらないじゃん、って話なんだ。遺伝子提供者の二親が一緒で同じ環境で育ったんだから、似てるのは仕方ないんだろうけれど。

部屋着に着替えて部屋を出ていく妹を、私はため息とともに見送る。

それにしても、どうして私はこんなにキツい性格なんだろう。

まあ、メグムには実際は「こんなの着たかったなー」くらいしか言っていないわけだから、そう気に病むことはないのだけれど。私は濡れのひどいピンク色のデニムジャケットだけ脱いでダイニングに戻った。末っ子のキリは、未だキュウリスティックを握りしめた変死体のような体勢のままテーブルにいた。

「ねえ、キリ」

何をもめたのか知らないが、母の言うように大したことじゃないだろう。こっちの妹のほうがいじり甲斐《がい》がありそうなので、ちょっと突っついてみることにした。

「お姉ちゃんがね、バス降りた時はまだポツポツ雨だったんだ」

反応はない。でも、絶対に聞いているはずだから続ける。

「それにしちゃ濡れてたと思わない？　あ、キリは私たちが帰ってきたところ見ていないんだっけ。そりゃ、メグムの制服なんて絞《しぼ》れるほどビショビショでさ」

大げさに言ったほうが食いつきもよかんべ、と多少話を盛ることにする。

「どうしてだと思う？」

私は椅子を引いて、キリの正面の席に着いた。サラダボウルから、まずは細長く切ったセロリを摘まんで味噌《みそ》をつけて食べる。

「うちのベランダから見える、黒い屋根の大きなお屋敷《やしき》知ってるでしょ？　私たち、道端に立ったまましばらくあそこの家の様子を覗いていたの。だから濡れちゃった、ってわけ」

すると、キリの頭が上がった。

「何で覗くの」

黒い屋根の大きなお屋敷、――つまりいわゆるホーンテッドマンションへの好奇心には勝てなかったようだ。いや、そろそろふて腐れるのにも飽きてきたから、いいきっかけだったのかもしれないけれど。

「それはね、家の前にトラックが駐まってたから」

「トラック？」

「そ。この子が描いてあったな」

私は、電話の側に置いてあるメモ帳とボールペンを持ってきて、その業者のキャラクターを描いた。うろ覚えだったけれど、まあこんな感じかな、程度。

「引っ越し屋さんだ！」

「正解」

キリが一発で当てたのだから、この似顔絵は及第点というところか。

「引っ越しでいなくなるの？　これから住むの？」

「どっちだと思う？」

「これから住む！」

「当ったりー」

「オッシ！」

何故《なにゆえ》のガッツポーズだ？　兎《と》にも角にも、それがきっかけで長らく右手の親指と人差し指に挟まれてしんなりしていたキュウリスティックが、めでたくキリの口の中に消えていったのだからハラショーじゃないか。私は、ニンジンにマヨネーズをなすりつけてかじる。

「キリに教えてあげたくて、そこだけは確かめてきたんだ」

まあ、実際は、ほぼ自分の好奇心のみで雨に濡れていたわけで、キリのことなんてまったく思い出しもしなかったけれどね。

「昼間に引っ越しってことは、住んでるのは人間ってこと?」

キラキラと目を輝かせるキリ。

「どうだろうね」

……チョロい。チョロ過ぎる。こんな簡単に機嫌が直ってしまうなんて、面白くも何ともない。興奮が収まらないキリは、うがいを終えて戻ったメグムを見つけて声をかけた。

「ねね、メグムちゃん。本当? あの、ホーンテッドマンションが引っ越ししてた、って」

「知らない。引っ越し屋さんのトラック見ただけ」

テンション低っ。本心ではこの場を逃げたかったのかもしれないが、仕方なく私の隣の席に収まるメグム。サラダボウルからセロリの最後の一本を摘まんで、味噌をつけて口に入れた。

「ホーンテッドマンション?」

追加の野菜スティックを手にした母が、キッチンから出てきた。

「ほら、うちのベランダから見える黒い三角屋根の」

「ああ、あの――」

子供たちの間では普通に流通している呼び名も、大人の世界ではあまり知られていないらしい。

「でも、ホーンテッドマンションは失礼でしょ」

娘の教育上そういう態度はよろしくない、と、一応注意しておくわけだ。でもさ、お母さん。もしかして本当にお化《ば》けが住んでいた場合、今言った「失礼でしょ」自体がむしろ失礼になりませんかね、という話だ。その口ぶりから推察《すいさつ》するに、例のお宅とはご近所づき合いをまったくしてないようだから、これまで住んでいた人がお化けか人間かも知らないわけでしょう。

「お化けが住んでいるように見えても、お化け屋敷なんて呼んではいけません」

その通りです。

本当のところ、私もあの屋敷にお化けが住んでいると思ってはいないから、口に出してまで母と問答するつもりはない。

「私が小学校に通ってた時代から、もうあんな感じに出来上がっちゃってたもんね」

この地区に引っ越してきて、かれこれ十年以上になる。

転校初日、新しいクラスメイトの前で自己紹介した時、自宅がこのマンションと知れると、誰かが「お化け屋敷の裏の新築マンションだ」と口火を切って、それから悪い男子たちが囃《はや》したのだった。直接いじめにつながらなかったし、機嫌良く新生活をスタートしている両親に心配させたくなかったから、そのことは家では報告しなかった。それに学校の帰りに「お化け屋敷」をよくよく観察してみたら確かに言われるのも無理はないくらい荒れた家だったので、私の中では「言いたいやつには言わせておけ」となった。けれど、比較的すぐに誰も言わなくなった。何棟かあるマンションだったから、余所のクラスだけれど他にも転校生はいて、「お化け屋敷の裏に住んでいる」こと自体が珍しくなくなってしまったからかもしれない。

「そうそう」

久しぶりにあの頃のことを思い出したら、芋づる式でいろいろ甦《よみがえ》ってきた。

「ラプンツェルの館《やかた》って誰かが言ってたっけ。昔、きれいなお姫さまが閉じ込められていたんだって」

同じ怪談めいた噂話でも、化け物とか幽霊とかではなく、女子たちはこういうおとぎ話のようなストーリーを好んで囁き合っていたものである。

「でも、いつからか姿が見られなくなったらしいよ」

「きっと食べられちゃったんだよ！」

キリが叫んだ。

「あの屋敷には狼男《おおかみおとこ》が住んでいて、きれいな男の子ばかりを選んで食べるんだって。だからハジメ君、夜一人ではホーンテッドマンションの前の道は絶対歩かない、って言ってたもん。時間がかかっても、辺りが暗くなったら絶対に遠回りするって」

「ハジメ君って？　学校のお友達？」

「うん。クラスメイト」

「へー」

私とメグムは顔を見合わせた。ただのクラスメイトを語る表情か、それ。キリってば、小学生のくせにボーイフレンドとかいるわけ？　生意気ー。

「メグムは？」

ちょっと面白くないから、口直しの意味も含めて、もう一人の妹に話を振ってみる。

「何が」

「あの屋敷に関する噂話。私とキリにあって、真ん中のあなたが持ってないわけないじゃない」

古今東西様々な化け物はいるものだ。四つ歳《とし》が違うのだから、私たちの頃とはまた違ったお化けがはびこっていたに違いない。さあ、言ってみなさい。

「肝試《きもだめ》しに行った男子たちが、庭から中を覗いたら生首がいっぱいあった、って言ってた」

面倒くさそうに、メグムは口にした。何でも、クラスでも悪ガキの男子たちが、ホーンテッドマンションに忍び込んだことがあったらしい。彼らは庭に面した窓から、家の中に並べてあった生首を見て、這々《ほうほう》の体《てい》で逃げ帰ってきた、とか。なーんだ、ということはメグムが直接見たわけじゃないんだ。

「生首っていうからには、まだ新しいものよね。時代劇で見るさらし首みたいな感じかしら」

と、私が笑ったところで、母が間に割って入った。

「もうそれくらいにしておきなさい。キリが夜お手洗いに行けなくなるわ」

あらら、本当に顔面蒼白《そうはく》だわ。ヤワね、キリ。

「大丈夫だよ、キリ。きっと女子を怖がらせようとして言ったでたらめだって」

いい子ちゃんのメグムが、必死にフォローしている。涙ぐましい努力。その悪ガキどもが化け物によって制裁を加えられるのではないか、と心配するキリに対し、きれいな男の子ではないから食べられない、という苦しい屁理屈をねじ込んで納得させようとした。しかし、きれいか不細工かってジャッジはさ、見る人の主観だから。メグムの好みのタイプじゃなかっただけで、化け物から見たらハンサムさんかもしれないよ？

あー、でもキリは納得しちゃってる。勝利を確信したメグムがテーブルの下でガッツポーズした。

「それはどうかしら」

私は口を挟んだ。

「多少汚い男の子でも、証拠を隠すためには目をつぶって食べるかもよ」

「ちょっと」

メグムが私をにらむけど、構わない。っていうか、私はメグムの邪魔《じゃま》をしたくて口を開いたのだ。

「本当は、忍び込んだ時に、三人とも人食いモンスターに捕まっちゃったんじゃないの？『見ーたーなー』って。けど、誰にも言わないって約束して解放された。『雪女』のお話知ってるでしょ？　約束させて守れなかったら殺しにくる、ってヤツら化け物の常套手段《じょうとうしゅだん》なんだってば。あー、でも、メグムに話しちゃったからアウトだね。すぐだと獲物《えもの》は警戒してるだろうから、三、四年、泳がしておいてから一人ずつ食べたかな。中学生くらいのほうが食べでもあるし。で、頭はコレクションで飾っておく。それを見たハジメ君が今度は――」

声色《こわいろ》を変え、身振り手振りを加えた私の大熱演に、ついにキリは、

「うわわわーん」

泣きだした。

「こら、カスミっ」

母が叱声《しっせい》を飛ばす。まあ、十も下の妹をいじめちゃ、当然か。

「かもよ、って仮定の話しただけじゃない」

大根の上に味噌、ニンジンにマヨネーズをつけて、二本一緒に口に入れる。お、イケる。

「あと一味唐辛子だな」

キッチンに向かうと、もれなく母もついてきた。

「待ちなさい、カスミ」

ガミガミという母のお小言が、ダイニングに響く小学三年生の泣き声とステレオ放送のように聞こえるけれど、内容なんてまったく入ってこない。

それは、十年くらい前にまとわりつく幼いメグムのほっぺたをつねって叱られた時と変わらない。

私はぼんやり考えていた。

碧は、睦美が私に何の話をしに来たのか、気にならないのだろうか。

ヘアスタイル小話《しょうわ》

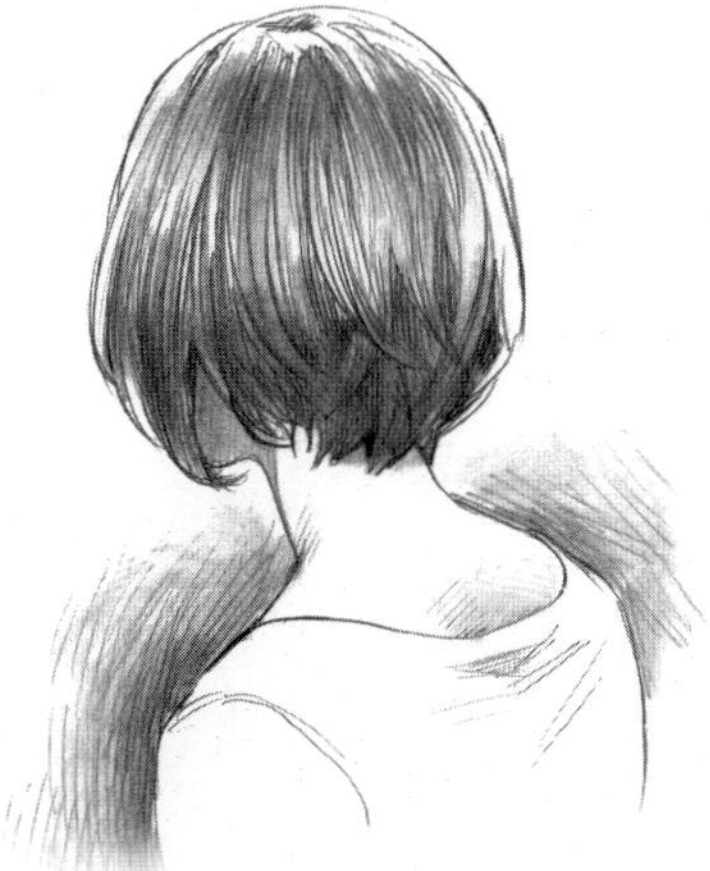

1

「生理前なんじゃないの？」

也子《なりこ》が言った。私はそうでもないけれど、也子は生理前と生理中と生理後は肌《はだ》つやから気持ちのテンションから、まったく違うという。

一時間目が始まるより三十分も前に学校に着いてしまって、「住《す》み処《か》」にはまだ也子と私の二人きりしかいなかった。さすがに、男子がいたらこんな話はできない。私たちは彼らを恋愛対象として見ていないから、聞かれても全然構わないんだけれど、それでも彼らに失礼だというデリカシーくらいは持ち合わせている。

「あ、それはない。終わって一週間」

「さよか」

日頃、家族のことでもやもやとかすると碧《みどり》に愚痴《ぐち》を言うことが多いのだが、今回の気鬱《きうつ》は直接的ではないにせよ、碧とまったく無関係でもなさそうなので、何となく碧には話す気にならなかった。そこでたまたま居合わせた也子に聞いてもらった、というわけだ。

「ねえ也子、合コンとかしたことある？」

椅子《いす》に腰掛け、目の前の机にコテンと頭を載せながら尋《たず》ねる。

「あるよ」

即答したあとで也子は、ちょっとびっくりした顔をして聞き返してきた。

「カスミはないの？」

「……うん」

そんなことで気後《きおく》れすることはないんだろうが、ついつい小声になる。

「そうかー。恋愛経験がない、だけじゃないわけか。そりゃ貴重だね。巫女《みこ》のバイトでもしたらいいわ」

ちょっと、ちょっと。天然記念物みたいに見ないでもらいたいんですけれど。

「まあ、私も最近はとんとご無沙汰《ぶさた》だなぁ。そうかー、カスミが興味あるなら男集めてあげたいけど、私の知り合いって変わり者ばかりだから、お薦《すす》めしにくいな」

ふうむ、と腕組みする也子。私は机から頭を上げて、慌《あわ》てて手を横に振る。

「いい、いい。そういう意味で聞いたんじゃないから」

「そういう意味じゃない？　――あ、昨日の」

勘《かん》がいい也子は、すぐに察したようだった。睦美《むつみ》が合コンの話をもってきたのだ、ということを。

「……うん。碧には内緒」

「ふーん」

也子は、意味ありげにつぶやく。

「何?」

「彼女……睦美さんだっけ? カスミのこと、好きなんだろうね。だから、同じ学校に進んだ碧が気にくわない」

「え」

私、言ったっけ、也子に。睦美と碧、昔から反《そ》りが合わないってこと。混乱してたら、そうじゃないって。

「わかるよ、昨日の二人の様子を見れば」

「そっか」

「そうだよ」

でも、私にはどうすることもできない。誰とでも仲良くできるのが理想かもしれないけれど、合わない者同士を無理矢理くっつける、っていうのも違うと思う。だから、これまでのように、碧は碧、睦美は睦美と、別々につき合うしかないんだ。今回は、睦美が碧のテリトリーに入り込んだから、ちょっとピリピリした空気になってしまっただけ。

「何が『そうだよ』？」

ちょうど部屋に入ってきた柚花《ゆか》が、話の最後の部分だけ聞きつけて尋ねた。

「あのね」

言いかけて、後ろに碧の姿を見つけたので、也子がとっさに話をすり替えた。

「カスミの妹が、昨日お母さんと衝突したんだって。ヘアスタイルをどうするかで、もめたんだって」

「へー、可愛《かわい》い。突然パーマかけてきちゃった、とか？」

「……小学生だよ」

私が吐き捨てるように言うと、荷物を置きながら碧が唇《くちびる》を「キリちゃん？」と動かしたのでうなずく。いつもの碧。ちょっと前に、自分のことが話題になっていたなんて思ってもいないのだろう。

「え、私、小六の時にアフロにして、母親の腰抜かさせたけど？」

キョトンとした顔で言う柚花。

「あ、アフロっ!?」

その場にいた全員、つまり也子と碧と私は同時に叫んだ。ピンクのふわふわヘアーにロリータファッションの柚花には、アフロは一番遠い場所にあるヘアスタイルではなかろうか。

「うん、アフロ。あのモジャモジャの」

そう元気にうなずくわけだから、聞き間違いではなかったらしい。

何でも柚花、中学校に上がったら校則で髪型が規制されるらしいと耳にしたものだから、今のうちにやりたいようにしようと、それまで貯《た》めたお小遣いを握りしめて隣町の美容室まで行って決行したらしい。ちなみに隣町を選んだのは、ご近所だとどこの子供か知られているので、親に連絡されてしまう危険性があったから。

「まあ、結局ストレートパーマかけられた上で、短く切られちゃった。扶養《ふよう》家族である以上、親には刃向かえないんだよ。だめなものはだめ、って。一点張りで」

当時のことを思い出したのだろう、柚花は唇を尖らせた。

「で、納得したの？」

碧の質問には、首が横に振られた。

「全然。だから中学に入ったら校則を確認して、決められた範囲内のヘアスタイルにして反抗したの」

「決められた範囲内で、反抗？」

何だ、そりゃ。

「丸坊主にしたの」

「ま、丸坊主っ⁉」

アフロに勝《まさ》るとも劣らない衝撃。

「そうよ。長けりゃいろいろ決まりがあったけど、短い分には何も規制はなかったから」

普通の可愛い女の子とは思っていなかったけれど、柚花、相当にぶっ飛んでいる。

「中学、私服？」

「セーラー服。母親、私が登校する時泣いて止めたなー。ふふ、皆勤賞とったんだよ。三年間」

少し髪が伸びてもすぐ自分で切っちゃうから、学校やご近所から虐待《ぎゃくたい》を疑われたそうだ。気の毒に、ご両親。

「高校は私服だったから、坊主やめたし。ただの男の子にしか見えないんじゃ、つまらないもの」

まあ、人間なんて、遠目だったら着ている物とか髪型とかでザックリ男とか女とか判断されちゃいがちだから。親への当てつけで選んだヘアスタイルが、世の中に溶け込んでしまっては意味がないと判断したわけだ。で、校則もなくなった現在の髪はピンク色に染められている。

「ああ、この色？　もう、親は何も言わなかったよ」

もう大学生になったのだから好きにしなさい、と認めたのではなく、ヘアスタイルのことで娘と争うことにほとほと疲れ、戦う気力などなくなったのではないか、柚花のご両親。

なるほど、髪の毛を伸ばしたいなんて言ってるキリは可愛いものだ。

でも。

「うちの母は、高校まではおかっぱ推奨《すいしょう》だからなぁ」

「え、厳しいの？　カスミの家」

意外、って感じで柚花が尋ねる。

「全然。単に母が好きなだけ。近所の理髪店だと、何も言わなくても椅子に座るだけで切ってくれるから楽だし。あの店なら、親がお金出してくれるから、私は特に反抗もしなかったけど」

「カスミってば、真面目《まじめ》でいい子なんだなぁ」

「やめてよ」

メグムじゃあるまいし。もし褒《ほ》め言葉のつもりで言ってくれたんだとしても、嬉《うれ》しくない。

「そうそうそうそう」

也子が、私に向かってリズミカルに指をさした。

「カスミは、大学入学当初はボブだったね」

懐かしそうにつぶやく。たった一年前のことなのに。その私が、高校と同時に近所の理髪店も卒業し、今や雑誌で取り上げられたこともあるヘアサロンで伸びた前髪と傷んだ毛先をカットしてもらっているんだから、人生なんてわからないものだ。おかげさまで、今や肩より少し長いくらいに伸びました。

「碧も高校時代は、私と同じ髪型してたんだよね」

私ばかり話題になるのは面白くないので、私は碧を巻き込むことにした。すると、後ろを向いていた秋臣《あきおみ》が大声とともに振り返った。

「えーっ、マジっ⁉」

気配を消していたわけでもないだろうけれど、あまりに静かだから来たことに気づかなかった。

「カスミたちの高校、まさか全校生徒ボブって校則で決まってる、とか」

こっちの与羽《よはね》は、たった今ご登校。いつでもキラキラしたオーラをまとっているから、そこにいるかいないかはすぐわかる。

「……全校生徒がボブ？　──なわけあるかい」

むしろ自由で、どんな髪型にしても許されていた。進学校だから、成績さえキープしていれば、パーマをかけようが赤く染めようがドレッドにしようが何も言われない。地域でも、うちの制服である紺色のブレザーが免罪符《めんざいふ》みたいになっていた。あの学校の生徒は、多少髪型が砕けていても大丈夫。グレてる暇《ひま》はないから、と。

「入学式の時はもう今くらいショートだったから想像つかないね。高校卒業を機に変えたくなったの？」

也子が、碧の襟足《えりあし》の毛を摘《つ》まみながら尋ねた。そういえば、改めて聞いたことがなかった。だから、それほど興味はなさそうに装《よそお》いながら耳を澄ましていると、こんな声が聞こえてきた。

「えっと……、そろそろ潮時かな、って」

（潮時⁉）

意外な単語に、私は狼狽《うろた》えた。

潮時って、何の⁉　口に出しかけたその時、柚花がスマホを見て声を上げた。

「あ、本当だ。もう教室に移動しないと」

（え）

わらわらと部屋を出ていく仲間たち。碧の「潮時」はおしゃべりの終了という意味にすり替わって、どこかに流れていってしまった。

碧と目が合う。にっこりと笑顔が返ってくる。にっこり笑って、親友は小走りで廊下《ろうか》へ出ていってしまった。

ぽつんと取り残された私の肩を、柚花がぽんと叩《たた》く。

「ともかくさ、結局はお母さんの意向通りになるにせよ、妹ちゃんがちゃんと納得した上でそうしたほうがいいと思うよ。そうしないと——」

ああ、キリの話か。

「わかった」

うなずいて、私も一緒に歩きだす。

「私も、妹が坊主頭っていうのはちょっと嫌だわ」

2

昨日は授業二つ休講だったのに、今日は全部あって、まあそれが当たり前なんだけれど、正直疲れた。午後は実習だったから、手を動かしているうちに終わった感じではある。頭よりも肩と目にきた。

家に帰ると、玄関の下駄箱《げたばこ》の上に『来客用駐車場使用許可プレート』が置いてあった。

「お祖母《ばあ》ちゃんでも来るの？」

キッチンを覗《のぞ》くと、六枚の皿が出ていた。うちは五人家族。夕飯に誰か一人加わるとしたら、だいたい埼玉の祖母とみて間違いはない。

「来ると思って用意してたんだけどね……」

「来ると思って？　何、来るって連絡があったのにキャンセルになったの？」

祖母が来るって話も初耳だったから、そうなると来るって約束したのも来ないことになったのもどちらも急な話ということになる。お祖母ちゃん、体調でも悪くなったのだろうか。

「そうじゃなくて。メグムを送ってくれるっていうから、うちでご飯食べてもらおう、ってお母さんが勝手に作ってただけ。でも用事があるからって寄らなかった」

母の勇《いさ》み足《あし》で、駐車場のプレートも夕飯のおかずも準備していただけ、ならよかった。ステーキ肉六枚解凍しちゃったみたいだけれど、全部焼いてみんなで分けちゃえばいいじゃない。

付け合わせのポテトフライの揚げたてに手を伸ばすと、当然ペチンと叩かれた。うちは、帰宅後うがい手洗いしなければ物を口にしてはいけない、という厳しい掟《おきて》がある。ん？

それじゃ、うがい手洗いしてきたら、つまみ食いは許されるのだろうか？　まあ、無理だな。

「ふーん。メグム、お祖母ちゃんの家に行ったんだ」

いったい、何しに行ったんだか。あとで、何ご馳走《ちそう》になっていくらお小遣いもらったか吐かせなくちゃ。しかし、キッチンから出てダイニングに、そしてリビングまで行っても妹たちの気配はない。

「で？　その、メグムは？　帰ってるんでしょ？」

一旦キッチンに戻って母に尋ねる。玄関には、メグムの学校指定の靴が脱いであった。しかし、扉が開いたままになっている子供部屋からは灯《あか》りが漏《も》れでていない。

「キリとお風呂」

「おや、珍しい」

「お母さんが頼んだの。キリったら、昨日ちゃんとお風呂に入っていないっぽいから」

「そうだっけ？」

覚えていないな、と首を傾《かし》げると、「誰のせいだと思っているの」とにらまれた。

「え、私なの？」

「全部とは言わないけれど」

母の理屈はこうだ。キリが母と風呂に入るのを拒絶したのは、二人の間に意見の衝突があってそれが解決しなかったせいである。それに関しては、誰にも責任はない。しかし、一人風呂を選んだキリが烏《からす》の行水とも呼べないほどのスピードで風呂から出てきたのは、昨日私が必要以上に怖がらせたせいだというのだ。

「少なくとも、メグムには迷惑かけているからね」

「メグムに？　どうして？　今キリをお風呂に入れてるのが、そんなに迷惑？」

違うわよ、と母。

「昨日の夜。キリに起こされてトイレにつき合わされたんだから」

「そうなの？　知らない」

三人一緒の部屋で寝ているんだけれど、全然気づかなかったな。

「大方、高いびきで寝ていたんでしょ」

「いびきなんて」

この私が？　ご冗談を、お母さまったら。

「あら、自覚ないんだ」

「えっ」

嘘《うそ》。私、寝ている時いびきかいてるの？　それこそ全然気づかなかった。もし、これが本当の話だったら、そんじょそこらの怪談よりずっと恐ろしい話だ。

「マジ？」

確認したら、真顔でうなずかれた。

たとえ私を懲《こ》らしめるためだとしても、母は「いびきをかいている」なんて嘘はつかないはずだ。

「いやぁぁぁ」

私は頭を抱えて子供部屋に駆《か》け込んだ。そのまま、自分のシングルベッドにダイブ。妹たちが使っている二段ベッドだと、こうはいかない。下手《へた》に転がり込もうものなら、梯子《はしご》や柵《さく》が邪魔《じゃま》して頭とか足とかをどこかにぶつけてしまうのだ。キリがルームメイトに加わる前は、私も使っていたから経験済みだ。

しかし、これは相当厳しい宣告だ。

「ううう」

たとえば、いつか恋愛とか結婚とかして男の人の隣で寝る機会があったとして、私がいびきをかいてしまったら、それを聞いた相手の人はきっと幻滅《げんめつ》するだろう。

「寝ない」

そうだ。寝なければいびきをかくこともない。私は、転がっていたベッドからむっくりと身を起こした。

どういう状況下にあっても、意中の男性の前では絶対に寝ない。死んでも起きている。

しかし、そんなこと可能なのだろうか。

ピンポイントで一、二時間くらいならどうにかなるかもしれないけれど、結婚してもそれを続けていたら睡眠時間がゼロになって、本当に死んでしまう。

「……ああ、そうか」

ぽん、と手を一つ叩く。寝室を分ければいいじゃない。そういう夫婦は結構いる、ってこの間ニュース番組の特集コーナーでも言っていた。

「そうよ」

幸い、今現在つき合っている人がいないのだから、夫婦別々の寝室でもいいという人を見つけて結婚しよう。私が恋をしていいのは、部屋数の多い家に住めるだけの甲斐《かい》性がある人のみ、と決めればいいのだ。――よし、それで解決。

取りあえず糸口が見つかったので、この問題は「その時」が来るまで棚《たな》上げしておくことにした。

（さて、それじゃ）

私は子供部屋から出た。

「ちょっと、どこ行くの」

悲痛な叫びとともにいなくなった娘が、五分と経たずに舞い戻り、すっきりとした面持《おもも》ちでどこかへ向かって歩いていくのを見た母が、思わず呼び止めるのも無理はない。

「お風呂場」

私には、そこへ向かう理由があった。

3

「入るよー」

風呂場の扉を開けた時の妹たちの顔といったら。予想を上回る驚きっぷりで、私は大いに満足した。

「ちょっと。うちのお風呂、三人は無理だって」

メグムに言われるまでもなく、ごく一般的なお風呂だもんね。そりゃ、キツキツなのはわかってます、って。でもさ、もう裸になっちゃったお姉さまに向かって「出ていけ」なんて言えますか、って話だ。

「いいじゃない。湯船には代わりばんこにつかればさー」

私は、持参したクレンジングオイルと洗顔フォームを、シャンプーとかコンディショナーとかが並べてある台の上に借り置きしてから、シャワーのお湯を身体《からだ》にかけた。それを見て、メグムはさすがに諦《あきら》めたようだった。

「じゃ、私たち上がるからごゆっくり」

次女と三女が順番に湯船から立ち上がる。が、私はそれを許さない。

「メグムはいいけど、キリはだめ」

「な、なんで……？」

キリはおどおどと聞き返す。昨日のホーンテッドマンションの怪談話、まだ引きずっているのだろうか。

「お母さんには内緒の話があるの。キリにとっても悪い話じゃないから、まあ聞きなさいって」

と、餌《えさ》を撒《ま》いて、とにかくチビを風呂場に留め置くことに成功。メグムも残ったけれど、それは想定内。

「お母さんが髪伸ばすの反対な理由わかる？」

私はクレンジングオイルを顔に塗《ぬ》りながら、湯船につかり直した妹たちに視線を送った。

「短いのが好きだからでしょ」

キリがシンキングタイムなしで答えた。でも、ちょっと待ちなさい。やりかけてる化《け》粧《しょう》落としを、私が超特急で済ませちゃうまで。

オイルで浮かびあがったメイクをシャワーで流す。洗い場のアイボリーのタイルの上をピンクベージュの液体が流れて、排水溝へと吸い込まれていく。筆洗《ひっせん》の、汚れた水を水場で流しているみたいだ。考えてみたら、メイクも顔面に描いた絵と言えなくもない。仮にも美術を学んでいるのだから、今後はもう少し身を入れて眉《まゆ》を描いたりアイシャドウを選んだりするべきだろうか——。なんて考えているうちに、きれいさっぱり化粧が落ちた。

待たせたね、キリちゃん。

「それはあるかな」

私はさっきの会話を再開した。

「でも、それだけじゃないよね。お姉ちゃんが伸ばしていても、何も言わないんだから」

「……うん」

「さて、ここで問題です。お姉ちゃんはよくてキリちゃんがだめな理由は、いったい何なのでしょーうか。はい、竜田《たつた》メグムさん」

ただ聞いているのも退屈だろうと、私は上の妹をあてた。メグムは一瞬「何で私が」みたいな表情をしたものの、すぐに答えを導き出して口を開いた。

「キリはまだ小さいから、自分で髪の毛の面倒を見られないからでしょ」

模範《もはん》解答だね。私も、それ以外に大きな理由を思いつかない。

母は忙しい。主婦の仕事をこなした上で、月十日くらい友人の会社を手伝いに行ったりもしている。この上、小学生の娘の髪を洗ったり、乾かしたり、結んだり、なんて余計な仕事を増やしたくない、っていうのが本音だろう。だから、私とキリの差は単に年齢が違うから、では片づけられないのだ。極端な話、大学生の私が母に「シャンプーして」だの「三つ編《あ》みにして」だの甘えようものなら、「理髪店に行って切ってらっしゃい」と言い渡されるに決まっている。

「キリだってできるもん」

キリが立ち上がって叫んだ。

「それよ、それ」

待ってましたその言葉。私は指を鳴らした。

「だったら、できるってことをお母さんにわからせたらいいわけよ」

逆に、できないことをキリに思い知らせればいい、とも言える。どっちの結果でも、私は構わない。

「どうやってわからせるの」

「今日から一週間の間、キリは毎日夜お風呂で長い髪の毛を洗って、ドライヤーで乾かして、朝はゴムで束《たば》ねてから学校へ行く」

「長い髪の毛って？　一晩でいきなり伸びないよ」

伸びてきた前髪と頭頂部の髪を果物のヘタみたいにまとめるだけならともかく、この短いおかっぱ頭の髪を一本に束ねるなんて、魔法使いにでもお願いしない限り不可能だ。

「だから、私の貸してあげるよ」

「はあっ？」

「キリは本気でできると思っているかもしれないけれど、お母さんが簡単に信じてくれると思う？　鈴虫だって、ヒマワリだって、キリが世話するって言ってもらってきたのに、すぐに飽きちゃって、結局最後はお母さんが餌やりとか水やりとかしてたじゃない」

言いながら、私も同じことをしていたわけだけれど、と思い出す。鈴虫やヒマワリは季節物だし、時期が来れば死んだり枯れたりするからまだ母も許してくれた。でも、縁日の金魚すくい、カラーひよこ、ミドリガメは、欲しいと言っても決して首を縦《たて》に振らなかった。ましてや犬。

犬だけは本気で頼んだのにだめだった。

小学生の時、私にはペットショップに飼いたかった犬がいたのだけれど、叶わなかった。

今度は絶対に面倒をみる、毎日散歩に連れていく、餌代はお年玉で貯めた貯金で賄《まかな》う、と、土下座《どげざ》して頼んだけれど聞き入れられなかった。説得のため、毎日学校から帰ると一人でご近所を二十分ほどかけて一周して、「ほら、ちゃんと散歩しますよ」とアピールし、通帳と印鑑を母に差し出しもしたというのに。

飼えなかったのは、私の本気が母に伝わらなかったせいではなかったのだ。私たち一家は引っ越すことが決まっていて、その家（この今住んでいる我が家だが）は当初ペット禁止だったのだ。

私は、泣いて泣いて。でも、子供だったからどうにもならなかった。

「一週間続けられたら、私がお母さんにかけ合ってあげる」

だからさ、髪の毛くらい伸ばさせてやってもいいじゃないの、と思うのだ。

「ホント⁉」

「ホント、ホント」

言いながらキリに対しては、髪の毛くらい短いままでもいいじゃないの、と思っている。あと二年か三年。それくらい経てば、手先も器用になって、編んだり、立てたり、巻いたりがいくらでもできるようになる。それから髪を伸ばしたって、全然遅くないと思う。

キリは私の提案を受け入れた。さっそく私の髪を濡《ぬ》らしてシャンプーをつけ、一生懸《いっしょうけん》命指《めい》を動かしている。正直下手だ。美容院のアシスタントさんと比べちゃいけない、とはわかっているけれど、力は弱いわ、同じ所ばかり擦《こす》っているわ、本当にひどいものだ。

いつの間にか、メグムが風呂場から姿を消していた。

結論を先に言うと、キリは髪を切ることを受け入れた。伸びた分だから、今のおかっぱ頭をキープ、ということになる。

長い髪の毛を洗うことが、それを乾かすことが、どんなに大変か身にしみてわかったらしい。

当初はどちらでもいいと思っていた私だったが、実を言うとほっとしている。自分以外の髪を洗うのも重労働みたいだが、洗われるほうもかなり体力を消耗するものなのだ。もしキリが一日で音《ね》を上げないで一週間も続いていたことを想像すると、ぞっとする。

納得したキリは、すがすがしい顔をしていた。

少なくとも、丸坊主にする、なんて暴挙に出ることはないと思われた。

十一人目の戦士

1

蓮《はす》の彫刻が施《ほどこ》された木製の扉を開けると、そこは異国だった。

異国といっても、欧米ではない。

インドネシアとかタイとかベトナムとかフィリピンとか、その辺りの国にあまり詳しくない人がぼんやりイメージする東南アジア。一緒くたに丸めて申し訳ないが、日本だって、よく韓国や中国とまぜこぜにされているんだから、広い世界ではよくあるお話。

入り口では、まず葉の大きな観葉植物が出迎えてくれ、照明のラタンボールから漏《も》れる柔らかな光が、南方の島の雰囲気《ふんいき》漂う店内へと客を誘《いざな》ってくれる。

ここは、都会の真ん中のビルの中にある居酒屋である。居酒屋といっても、リーズナブルなチェーン店とはまったく違う。「ちょっと高級な」と頭につけないと見合わないような居酒屋だった。

睦美《むつみ》が、この店を選んだ。私の人生初の合コンの舞台だ。

私の前に、五人の男性がいた。

私の左右には、それぞれ二人ずつの女性。彼女たちは、皆、私の高校時代のクラスメイトだ。碧《みどり》みたいに親密なつき合いではなかったけれど、修学旅行で同部屋になったりするくらいの親しさはあった。会うのは卒業以来。瑞江《みずえ》も多香子《たかこ》も蕗代《ふきよ》も、一年見ないうちにものすごくきれいになっていた。睦美は、先日とは別人のように清楚《せいそ》なお嬢さまだった。

私は、睦美のアドバイスに従い、ピンク系の淡いメイクを心がけた。服は、白地にピンク色の小花がプリントされた柔らかい生地のブラウスに、この日のために新調した薄いグリーンのフレアスカートを合わせた。自分としてはかなり気合いを入れてきたのだけれど、私の姿を見た睦美は「まあいいか」とつぶやいた。いつものデニムパンツで来ていたら、いったいどんな感想をもらえたのだろうか。

一通り自己紹介して、取りあえず飲み物で乾杯。私は二十歳《はたち》になっていたけれど、父に似てお酒はからきしだったので、ソフトドリンクの中からグァバジュースを選んだ。

料理はエスニック料理が中心だったが、客の好みに合わせて食材や味付けを変えてくれるということで、パクチーがだめとか、辛《から》いのはどうか、とか、初めて同士でも注文するのにワイワイと盛り上がった。

私たちの席は店の真ん中あたりにある大テーブルで、竹製の衝立《ついたて》とか天井から吊《つ》るされた紗《しゃ》のようなきれいな布などで程よく目隠しされていた。少し頭を動かせば店内の様子がうかがえるし、手を上げればお店の人もすぐ気がつくので、完全個室より気楽でいい。

男性たちは、皆さわやかで頭が良さそうで、見るからにいい服を着ていた。しかし、中身はバラエティに富んでいて、歳《とし》はそれぞれ異なり、職業も学生、会社員、公務員、歯科医、自分で事業を立ち上げた人もいた。どういう知り合いかと疑問に思ったのだが、どうやら睦美の彼氏のツテで集められた精鋭《せいえい》らしい。その彼氏は、本日参加していない。

五対五。計十人の男女の中で、合コン初参加はたぶん私一人だ。他の九人は、場慣れしているからこその落ち着きと、さり気ない心配りで、この会をいい雰囲気に盛り上げている。

「カスミさんは美大生なんですか」

ほら、こんな風に。気が利いた受け答えができない私にも、ちゃんと話題を振ってくれる。

「え、ええ」

入社三年目と言っていた彼に、ぎこちなくほほえみ返す。えっと、確かこの人は本村《もとむら》さん。あれ、本山《もとやま》さんだっけ。

「いいなぁ。僕は小さい頃から絵を描くのが苦手で、上手《うま》い人のこと尊敬しちゃいます。よろしければ、今度作品を見せてくださいよ」

「いいえ。まだ学生なので、お見せできるほどのものは……。ごめんなさい」

せっかく私のことを聞いてくれたのに、それはないだろう。——と、女子四人に心の中で突っ込みを入れられるまでもなく、自分でも思う。作品見せて、は、社交辞令なんだから、社交辞令で返せばいいだけのことじゃないか、と。でも、嫌なんだ。実現なんてしない約束であろうと、よく知らない人に自分の絵を見せるのは。

つまらない女だな、私。今まで恋人ができなかったのは、出会いがなかったり、碧がいつも側《そば》にひっついていたから、だけじゃなかったんだ、きっと。

「僕はダリとか好きなんだけれど、カスミさんはどう?」

おっ。今のやりとりを見ていたはずなのに、まだ私に話しかけてくれる強者《つわもの》がいた。えっと、この人は社長さんで、秋田《あきた》さん。

「ダリ……ですか。ええ、好きです」

顔が、とかここで言ったら、どんな反応されるかな。しかし、試す勇気なんてない。つまらない女が、まさかウケ狙《ねら》いするとは誰も思っていないだろう。笑う準備なしの人間相手に、笑いをとれるほど世間は甘くないのだ。

「どうかしました?」

蕗代が歯科医の丸山《まるやま》さんに尋《たず》ねた。丸山さんは、五人が座ったこのテーブルの外に視線を向けていたのだ。

「いや。何でもない」

つぶやいてほほえむ彼。何でもない、ことあるかい。たとえば店員さんを探しているなら、そう言えばいい。言わない、ってことは、言いたくない、ってことじゃないのか。

「なぁに、気になるわね」

睦美が突っつく。

「言いなさい。怒らないから」

睦美も私と同学年だから二十歳そこそこなわけだけれど、年上相手に「おいたをした弟を叱《しか》るお姉さん」みたいに攻める。気の毒に、丸山さんもたじたじだ。

「今、ちょうど店に入ってきた客がいたから、目が行っただけ。なあ」

振られたのは、公務員の河出《かわで》さん。私たちは気がつかなかったけれど、河出さんもほぼ同時に丸山さんと同じ方向に顔を向けていたらしい。

「客?」

「どこに?」

「……えっと」

守りが弱いのだろう、河出さんは女子たちの攻撃に耐えきれず、簡単に白状した。

「カウンター席、……です」

一応、周囲に漏れないように声を潜《ひそ》める。

「カウンター席？」

カウンター席というのは、位置的に女子の席の後ろ側だったので、私はその客が入ってきたのに気がつかなかった。少し椅子《いす》から腰を浮かせて振り返ってみれば、なるほど黒っぽい地に真っ赤な花模様の描かれたワンピース姿の髪の長い女性客の姿がある。こちらに背を向けているから、顔は見えない。両隣とも空席だから、ここで待ち合わせか、もしかしたら一人でふらりと寄ったのかもしれない。

「男の人って、本当に」

睦美は苦笑した。合コンの最中だろうと、いい女と見るや、そっちに目を奪われちゃうんだから困ったものだ、と。

「いやいや。すごくスタイルがいいから、有名なモデルかな、ってさ。ミーハーな気持ちだよ」

「ふふ。そういうことにしておきましょう」

スパイシーな鶏《とり》の唐揚げが運ばれてきたのをきっかけに、この話は打ち切りとなった。

「カスミさん。お代わりは？　それとも、別の飲み物にしますか？」

本村さんが、私のグラスがもうすぐ空になりそうなのを見つけて声をかけてくれた。ドリンクメニューを差し出しながら。

「あ、じゃ同じので」

「オーケー。他に飲み物追加したい人は?」

テキパキとみんなから注文を受けて、まとめて店員さんに伝える。いつも私の周囲には、こんなに気の利く男子はいない。

いや、今に限らず、これまでだって存在しなかった。中学までは公立で、男子なんて下品で、乱暴で、バカで、野生動物の子供とどこが違うんだってくらい薄汚れていた。高校は進学校だったので、多少は小ぎれいになっていたかもしれなかったけれど、みんながライバルだったから、女子だというだけでやさしくしてもらえる、なんてことはなかった。高二からは私は美術の予備校に行ったりして忙しかったので、やさしい男子がいたとしても見えていなかったのかもしれない。

いつの間にか、男子は成長し、ちゃんとした紳士《しんし》になるのか。そうして私たち女子は、彼らに見合うだけの淑女《しゅくじょ》になっているのだろうか。

気軽な雰囲気で包み込んで忘れたふりをしているけれど、これは集団見合いなんだから。

トイレから出たところで、睦美が待っていた。私が中座したあと、少し時間をずらして追ってきたらしい。私が出て女子トイレが空いたのに中に入らず、私の二の腕に軽く触れながら囁《ささや》いた。

「あの中なら、誰がいい？」

「え？」

「気に入った人がいたら、席替えしたり、その人にこっそりカスミのいいところをアピールしてあげたりするから」

取り持ってくれる、ということか。でも。

「私？」

テーブルに残って男子たちと歓談しているであろう、瑞江と多香子と蕗代の顔を思い浮かべた。仮に私が、誰々さんがいい、って名前を挙げたとして、実は他にもその人のことを気になっていた人がいたらどうするのか。で、実は彼女は私なんかより何倍も仲良くなりたいって切望している可能性だってあるじゃないか。それなのに、まず私に聞いちゃっていいの？　それとも睦美は、まず全員の話を聞いてから作戦を練るつもりなのだろうか。

「三人には、ちゃんとカスミが最初って言ってあるから気にしないで。まあ、今日の男性メンバーは外れがないし。カスミの残りもの、なんて思わないよ。レベル高くて、みんな喜んでる。カスミありがとう、って」

睦美は女子メンバーに、私のために合コンを企画したと話した上で誘ったらしい。しかし、いつの間に睦美は彼女たちの感想まで聞き取りしていたのだろう。

「え？　不思議？　カスミにはわからなかったかもしれないけれど、アイコンタクトとか仕草とかで、瑞江たちとはちゃんとコミュニケーションはかれているんだよ」

「……」

発信機も受信機も機能していないのは私だけ、ということか。だからわざわざ私がトイレに立った時に追いかけてきて、言葉でもって聞いてきたらしい。

「で、誰？」

少し道草してしまったけれど、ふりだしに戻る。

「そんなこと言われても」

「決めかねているなら、本村さんにしておく？　彼、普通の会社員っぽいけれど育ちは良さそうだし、やさしそうだし。初心者にはお薦《すす》めかもしれない。何よりカスミのことかなり気になっているよ」

「まっさかぁ」

ちょっと話しただけで、私のどこに引っかかったというのか。第一印象なんて、ほぼ見た目で決定だろう。だったら私以外の女子はみんな私よりきれいだし、加えておしゃべりだって上手だ。

「まさか、なもんですか。あ、ついでに言っておくと、カスミのことといいな、と思ってるのは、本村さんだけじゃないけれどね」

睦美は、私が気後《きおく》れしないように、話をずいぶん盛っているんだろう。仮に、本当に私のことを『気になる』と言ってくれる男性がいたとしたら、それは物珍しさ、からの興味に決まっている。華やかな真っ赤な薔薇《ばら》が咲き誇るローズガーデンに、タンポポが一輪咲いていたら――？　そういうことだ。

「ま、このあと二次会でカラオケに行く流れになりそうだから、もうちょっと様子を見てからでもいいけど――あ、ごめん」

微《かす》かにブルルル、と、マナーモードの空気を震わす音を感じたと同時に、睦美が手にしていたスマホを見た。誰からか、電話がかかってきたらしい。

「ちょっと面倒くさい相手だから」

小声でそう私に囁くと、「ごめん」って感じで手を立てながら、店の外に出ていく。

「もしもし？　だから、知らないってば」

なんて、応答しながら。

何が「知らない」のかわからないけれど、私には関係ない話だろうから、そのまま席に戻ることにした。

男五、女三が残ったテーブルは何やら盛り上がっていた。

「あ、カスミ。見て見て」

蕗代が手招きするので寄ってみれば、大学生の小谷《こたに》さんがコインのマジックを披露しているようだ。四つ並べた百円玉に手をかざすと、一瞬のうちに消えてなくなった。

「私の四百円が！」

多香子が叫んだ。

「安心して。瑞江さんに預かってもらっているから」

「えっ？」

名指しされた瑞江は、グーにしていた左手を開いた。すると、そこから五百円玉一枚が現れた。最初に握らせられたのは、小谷さんのポケットから取り出された百円玉一枚だったらしい。

「どうぞ」

五百円玉は、小谷さんの二本の指で瑞江の手のひらから多香子の手のひらへと移動した。

「……百円多いんですけれど」

「とっておいてください。お借りした四百円のお利息です」

多く見積もっても五分かそこいらで、四百円に百円の利息がつくなら、私も小谷さんにお金を借りてほしい。でも、このマジックの応用で、指輪を握らせておいたり自分のメルアドをメモした紙を握らせておく、なんてこともできそう。小谷さんは、すでにどこかでやってる可能性大だ。

その時だ。カウンターに座っていた黒地に赤い花柄のワンピースの客が、ふわりと立ち上がった。耳にスマホをあてているから、睦美と同様に通話のために店の外へ出ようとしているのだろう。と、私はぼんやり考えた。しかし。

「楽しそうね」

その人は、私たちのテーブル席に向かって歩いてきたのだ。大胆にも、天井から吊るされた布をめくって半個室の合コンの席に乱入する長身の美女。男性五人と瑞江、多香子、蕗代は呆然と見つめているが、私だけ反応が違った。

「碧！」

普段は着ない襟《えり》がチャイナドレスみたいなワンピースに身を包んでいようとも、腰に届くロングヘアーのウィッグを被っていようと、マスカラ、アイライン、口紅、チークとバッチリ化粧《けしょう》していようと、親友を見間違えるわけがない。叫んでから、「しまった」と思ったがもう遅い。

「碧ですって⁉」

「やだ、ホント。中岡《なかおか》碧だ」

「ウケるー。どうしたの、その姿」

そうだよ。女子メンバーは高校の同級生だった。当然、碧のことは知っている。彼女たちが知っている碧は、紺色のブレザーにおかっぱ頭のスッピン顔で、こんな姿じゃなかったけれど。

「知り合い？」

丸山さんが、私に向かって尋ねた。

「え、……ええ」

こういう場合、どう答えたものか。でも、名前まで呼んでしまった以上、「知らない人です」は通らない。瑞江たちにもバレてしまった。

「私も、高校でカスミたちと同じクラスだったんですよ」

碧は一人称を「私」に変えて男性たちに視線を送りながらほほえんだ。

「それにしても偶然。私も交ぜてもらえない？」

ちょっと待て。どこからどう見ても、この会は合コンだ。そこに加わる、って何考えているんだ。空気読めよ。いや、空気を読めないわけじゃないんだ、碧は。そもそもこの空気を壊すために、こんな変装をしてまでこの場に現れた。そうじゃないのか。

男性たちが、目で「どうする?」って話し合っている。何だか、OKしそうな雰囲気になってきているんだけれど、どうしよう。三人の女子はもう、このシチュエーションが面白くて仕方ないらしく、「別にいいんじゃないの、一人増えたって」な感じで無責任に笑っている。

「だめよ。何言ってるのっ」

そこに、遅ればせながら睦美登場。

「碧、あんた外からかけているふりして卑怯《ひきょう》じゃないのっ」

肩で息をしながら碧をにらんだ。

「卑怯? カスミの居場所なんて知らない、って白《しら》を切ってた睦美ちゃんに言われたくなーい」

どうやら、さっき睦美にかかってきた電話は、碧からだったらしい。合コンを内緒に進めていた睦美は、私と一緒じゃないと嘘《うそ》をついていたわけだけれど、碧のほうが一枚上手《うわて》だった。どこで情報をゲットしたか知らないが、変装して店に潜入して、私たちの合コンの様子を背中で探っていた。哀《あわ》れ睦美は、スマホから聞こえてきた、私の「碧!」ですべてを理解して、慌《あわ》てて戻ってきたというわけだ。

「どうだろう、睦美さん。ここは一旦お開きにして、店を変えて仕切り直しする、っていうのは」

ピリピリした空気を察した秋田さんが、提案した。注文した料理はすべて運ばれてきたし、「そろそろ」っていう空気にはなっていたところだ。

「え？　ええ。そうね。ごめんなさい、取り乱してしまって。そのほうがいいかもしれないわね、そうしましょう」

碧にしてやられたことでカーッと頭に血が上った睦美は、被っていた猫の皮がはがれてしまっていたことに、今の今までまったく気づいていなかった。それでも、床に落ちていた猫の皮を平然と被り直して何事もなかったかのように幹事を続けたわけだから、見上げたものだ。

「カスミ」

出入り口へと皆で流れていこうという時、睦美に呼び止められた。

「今日は、もう帰りなさい」

「うん。ごめん」

このまま私が二次会に行ったら、絶対に碧はついてくる。仕切り直し、を提案したからには、碧も頭数に入っているわけだし、そうなると私は絶対に楽しめない。今さっき知り合ったばかりの男の人に作り笑顔を向ける私を、碧には見せたくない。そして、私のためにいつもと違う格好、顔を作った碧をこれ以上人の目に晒《さら》したくなかった。

「いいって。碧のことは、カスミのせいじゃない」

睦美は、私の肩をぽんぽんと叩《たた》いた。でも、私のせいなんだ、って私は思っている。碧が見ているのは、私だけなんだから。私が参加しなければ、この合コンなんて興味をもつことはなかったんだから。

「しかし、参ったな」

睦美は髪をかき上げながら、フーッと大きく息を吐いた。

「見た？　碧ったら、あの口紅つけてきた」

「あの口紅？」

何だっけ、と首を傾《かし》げるより先に、思い当たる。

「……『グラジオラスレッド』？」

碧の唇《くちびる》を彩っていたあの赤は、睦美が戯《たわむ》れに私につけた口紅の色だった。でも、睦美がその口紅にこだわる理由がわからない。

「碧はね、ここに戦いに来たのよ」

「戦い？」

それから睦美は、その口紅が売り出し中の頃テレビＣＭでどんどん流していたコピーを口にした。

「『目覚めよ　グラジオラスレッド　私の中の戦士』」

「あ」

「そういうこと、でしょ？」

2

店を出て、エレベーターがそんなに大きくないから、乗るのに何人かずつに分かれた隙《すき》に、私はグループから外れた。あとでみんなには上手いこと言っておくからそっと抜けるように、睦美に指示されていたのだ。

程よく酒も入ってご機嫌な一団が二次会の会場を目指して歩き出したのを見送ってから、駅に向かおうと方向を変えたところで背後から声をかけられた。

「カスミさん」

振り返ると、本村さんが立っていた。

「二次会、行かないんですか」

あなたこそ、と思ったが、違う。彼は、私を待っていてくれたのだ。

「はい。ごめんなさい。今日はここで」

門限があるとか、親の調子が悪いとか、行かない理由を説明するための嘘をついたほうがいいのだろうか。でも、本村さんは、どうして行かないかとは聞いてこなかった。その代わり。

「送っていきますよ」

とほほえむ。そして、大通りの方角に顔を向けて何かを探すような素振りを見せた。これは、この雰囲気は。まさか、タクシーを止める気じゃないでしょうね。いや、そのまさか、だ。片手を上げちゃったよ、この人。

「い、いえ、結構です」

私は、慌てて本村さんの手を摑《つか》んで下ろした。こちらに向かって走ってくるタクシーは、運良く『迎車《げいしゃ》』だった。私たちの前をスーッと通り過ぎる車を見送ってから、私は言った。

「一人で帰れますから」

店を出る時、時間を確認した。九時台だったから、調べるまでもなくまだ電車は終わっていない。だからといって、電車に乗ってついてこられても困るんだけれど。

「でも心配だから」

碧を入れた十一人で仲良くカラオケも苦行だけれど、今日知り合った誰かと一対一になるなんてもっと嫌だ。本村さんは、たぶん紳士だろう。送り狼《おおかみ》なんかにはならないと思う。それでも、送ってもらうのはご辞退させていただきたい。この善意をどう言って断るべきか。悩んでいると、また別の声がした。

「ご心配なく」

そこにいたのは、碧だった。姿が見えなくなったから、団体さんと一緒にカラオケに行ったのかと思っていたのに。

「カスミは私と同じ方向なので、一緒に帰ります」

「そ、そうなんです」

私は、碧の側へ小走りで移動した。本村さんは、「それでも送る」とは言わなかった。

「それじゃ、また」

本村さんの「また」が、私にはほんの少し重く感じられた。彼は、去っていく私と碧を、しばらく見送っていたのだと思う。気にはなったが、振り返ってまだそこにいたら嫌だから私たちは駅に着くまで真っ直ぐ前だけ向いて歩いた。言葉も発しなかった。淡々《たんたん》と改札を抜けて、家路となる方面行きのホームの椅子に並んで座った。

電車が来て、それに乗って、そこでやっと「あっち、二人分空いてるよ」と私が口を開いた。

「うん」

碧はうなずき、私が指し示した席に向かった。派手なワンピースを着て、濃い化粧をしている以外、私にとって碧は、いつもの碧だった。

電車のたてるため息のような音と、見知らぬ乗客たちのおしゃべりと、ちょっと離れた席から聞こえるいびきと、次の停車駅の名を知らせるアナウンスと。私たちはそれらBGMをまといながらも、ただ「二人」でいた。誰かが吐きだしたお酒臭い息も、電車の振動も、私たちにとっては「その他」でしかなかった。

「その服、どうしたの」

私は、ぽつりと尋ねた。

「おかーさんの」

碧も、負けずにぽつりと答えた。あまりの「ぽつり」に、最後のほうが車内アナウンスでかき消されてしまったほどだ。アナウンスが終わって、声が通りやすくなるのを待って私は聞き返した。

「お母さんの服なの？　よく貸してくれたね」

近くで見てわかったけれど、これデザイナーズブランドの服だぞ。それも今春出たばかりの。

「おかーさん、いなかったから、クローゼット開けて、ちょっと借ります、って」

「そ、……そう」

留守でよかった、というべきなのかな、この場合。碧のお母さん、その場にいたら絶対に貸してくれなかったと思う。それどころか、このワンピースを着てどこに行くのか、何のために着るのか、徹底追求するはずだ。私ならそうする。クローゼットに戻す時、一問《ひともん》着《ちゃく》ないといい。

しかし、碧のお母さんって何者なんだろう。会ったことないし、今まで親の仕事の話とかあまりしたことがなかったから気にとめなかったけれど、もしかして碧ってお金持ちの家の子供だった、とか。

「どうして、わかったの」

服の話でワンクッション置いたことで、私はやっと本題に入ることができた。

「合コンって知ってたら、邪魔《じゃま》しなかった。ごめん」

「いいって。言わなかった私も悪い」

責めるつもりはなかった。ただ、どうして碧があの場に居合わせることができたのか、単純に知りたかっただけだ。

「睦美ちゃんがカスミを誘って何かコソコソやってるのが気にくわなくてさ、でも、興味ありそうな素振りなんてしようものなら、また意地悪されるに決まってるもん」

「まあ、そうだろうね」

なあに、碧も連れていってほしいわけ？　でも残念ね、定員オーバーなの。――とか何とか、挑発的な笑みを浮かべて言う様が目に浮かぶようだ。

「だから、山張った」

碧は、フフッと肩をすくめた。

「山？」

「ほら、今度学校の仲間で合宿の買い物に行くじゃん。で、予定がある日とかない日とか、スケジュールを調整してた時に、カスミが今日の日にNG出してたから」

何かあるな、って思って、事前に変装セットを用意して学校に来てみたら、私がいつもよりおめかししていたものだから、確信に変わったという。だから授業が終わると同時に着替えて、私のあとをつけた、と。そんなことも気づかなかった私は、帰り間際に碧の姿が見えなかったのをこれ幸いと、早々に教室をあとにしたのだった。也子《なりこ》たちに、「碧を見たら先帰ったって言って」なんて頼んだりして。

すげーな、碧。あんたの勘《かん》。しかし、私だってね、NG出すことくらいありますよ。そんなに暇人《ひまじん》だって思われているわけ？

「じゃさ、たとえばお墓参りとかだったら、その格好で墓地までついてきたかもしれないの？」

すごく目立ちそうなんだけど。そんなんですぐに私に見つかっちゃったら、尾行なんてできないんじゃないの？　けれど、碧は首を横に振った。そのパターンはない、って。

「お墓参りなら、お墓参りって言うから、カスミは」

「……そうだろうね」

確かに。碧相手だったら、私は大抵のことは包み隠さず話す気がする。それは、取りも直さずそのほうが楽だからだ。スケジュール調整の時、予定があると言いながらその理由を口にしなかった私を見て「らしくない」ってピンときたのは、やはり長年親友をやってきた実績ということだろうか。

「それに、あまり夕方からお墓参りってしないでしょ」

「いっそ肝試《きもだめ》しになっちゃうね」

肝試し、って口に出したら、頭の中にご近所のホーンテッドマンションが浮かんで消えた。

「カラオケ行こっ」

電車が止まって、扉が開いたと同時に、私は椅子を立った。

「え？」

碧は座ったまま、目を丸くして私を見ている。この駅は、私が降りる駅でも碧が降りる駅でも、どちらでもなかった。

「碧のせいで、カラオケ行き損なっちゃったんだからね。つき合いなさいよ」

私は碧の手首を摑んで、立ち上がらせた。

「うん。行こ」

発車ベルの鳴る中、私たちは笑いながら小走りでホームに降り立った。

駅前にあったカラオケ店に飛び込んで、二人で二時間歌いまくった。

自宅の最寄《もよ》り駅からは料金割増の深夜バスになってしまったけれど、日付をまたぐことなく帰宅できたので、親からお小言をもらうこともなかった。

睦美には、翌日改めてメールで謝った。「大丈夫、気にしないで」みたいな返信が来たけれど、あのあと私を除く合コンの参加者たちがどうなったのかとか、具体的には書かれていなかった。だから、本村さんが先にカラオケに向かった彼らと合流したのか、あのまま帰宅したのかはわからない。わざわざ私が質問するのは、どう考えても間違っているから触れなかった。

私はあの夜、本村さんを残して碧と帰った。

私に、本村さんのことを気にする資格はないのだ。

3

カラオケで歌いまくって、ぱーっと発散した気になって、何となくうやむやにしてしまったけれど、私の心の中に芽生えた小さなもやもやは、依然そのままで、いや、むしろ少しずつ成長しているような気がする。

もしかして私は、早々にこのもやもやと正面から向き合い、正体を見極めて、適切な対処をしなければならないのかもしれない。

けれど、「もやもや」がもやもやなだけに、捉《とら》えどころがないというかどこから手をつけたらいいのかわからない。お手上げ。降参。

——違うな。

私は怖いのだ。

もやもやしている靄《もや》はまだ晴れていないけれど、その核の部分に何があるか、大体の見当はついている。つまり、台風でいうなら、目。

それは、たぶん碧だ。

私は、碧との関係が変わることを恐れている。

もやもやに手をつけたが最後、今のままではいられなくなるのではないか、と怯《おび》えている。

もちろん、これまでだって少しずつ変わっていったことはある。でも、それはちょっとしたモデルチェンジくらいのことで、二人が立っている地面が大きく揺らいで崩れるようなことではなかった。

当時はかなりの事変と思われた受験にしても、一山越えてみたら、たいして大きな山ではなかった。

碧が私の真似《まね》をしなくなったことも、一抹《いちまつ》の寂《さび》しさを伴ったものの、親離れする子供を見守るような気持ちで受け入れたのだ。あのまま、「背の高い私」でいられたら、こっちのほうが心配になったことだろう。

そんなわけで、梅雨《つゆ》が明けたのにもやもやが消えないのは当然のことだった。

大学が夏休みに入って、私の生活から碧の姿がパタリと消えた。週五は一緒に過ごしていたから、側にいないのが不思議だった。

全面的に「寂しい」わけじゃない。

どこか少しは、「ホッとしている」が混ざっているかもしれない。

会いたいのと、会いたくないのと、鬩《せめ》ぎ合いをしている。

メールでもしてみようか、と思っても、打つべき文章が出てこない。ましてや電話なんて、緊急な込み入った用件でもないと、かける勇気が出なかった。

なぜ、こんなことになってしまったのだろう。

メールなんて、「暑いね、今何してる?」だけだっていいはずなのに。

電話だって、「ちょっと声聞きたくなったから」って言えばいいだけなのに。碧相手に、何構えちゃってるんだ、私。でも、一度意識しちゃったら、ますます自分から連絡をすることができなくなった。

いや、どうして私から動かなきゃならないんだ? 碧から、メールや電話があってもいいんじゃないの? 「暑いね」って。「声聞きたくなってさ」って。どうしてそれができないの?

自分のことを棚に上げて、私は碧を恨《うら》んだ。

碧から連絡があったら、「夏休みは始まったばかりなのにもう寂しくなったの？」って返すのだ。「夏休みは始まったばかりなのにもう寂しくなった」のは、断じて私であってはならない。

去年の今頃はどうしていただろうか。思い出せなかった。

家にいて何かしようとしてもどれも気が乗らないので、ふらりと街に出たりした。よく碧と歩く街並みに、エスニック料理のお店がオープンしているのを見つけた。ここは、入ったことはなかったけれど、確か以前は中華料理屋さんだった。閉店したのも気づかなかったが、改装工事しているのも見ていない。そんなに、私はこの街にご無沙汰《ぶさた》していたのだろうか。

「エスニック料理、か」

通りに面した窓から見える店内は、ちょうどランチの時間帯で活気があった。出入り口の近くにイーゼルを立てて置いてあったメニューを覗《のぞ》いてみると、お手頃なお値段だ。私には、これくらい気軽なお店が合っている。同じエスニック料理店でも、合コンで使われたあの高級なお店は、私には背伸びし過ぎだった。

「いらっしゃいませ」

お客さんを送り出した店員が、私に声をかけた。

「あ、ごめんなさい。ご飯は食べてきちゃったから――」

コーヒーショップのチェーン店で、スコーンとミルクたっぷりのコーヒーという軽食をとったあとだった。お腹《なか》が空《す》いていても、初めての店に一人で入ったかどうかは微妙な線だ。

店員は私の言葉を聞いて、店内に引き返した。が、すぐに戻ってきて私に何やらB5サイズの紙を差し出す。

「よろしかったらどうぞ」

それは、メニューが書かれたチラシだった。今すぐ店に入る気はなくとも、興味があるから覗いていたに違いない、という推理のもと、これをくれたのだろう。

「裏は夜のお食事になっていますので」

促されるまま裏返す。ランチだけではなく、こちらも高くなかった。

「今度友達誘って来ますね」

私はチラシを半分に折ってバッグに入れ、会釈《えしゃく》してからその場を去った。友達、と言った時、碧の顔しか浮かばなかった。

一人で洋服屋さんに入っても、あまり楽しくなかった。碧がいれば、試着した私を見て的確なアドバイスをくれるのに、って思う。「このスカート丈では足が短く見える」とか、

「トップスにもってくるなら顔の色に合うこの色がいい」とか。私のワードローブの中身を把握《はあく》しているから、「このシャツはあのパンツに合う」とか「同じような黒のカーディガン持ってたでしょ」なんてショップ店員さんにはできない助言までしてくれるのだ。

用はないのに、大学に立ち寄って、いつもの仲間は誰も来ていないことを確認しただけで校門から出た。滞在時間およそ二十分。いったい私は、何をしているんだろう。

もやもやを引きずって、調子が出ない。

私の気分とは逆に、ホーンテッドマンションの庭木が少し刈り込まれてすっきりしていた。植木屋さんでも入ったのかな。理髪店に行った直後の父、みたいだ。家に性別なんてないかもしれないけれど、ちょっぴり男っぷりが上がった。

「ふうん」

新しい住人は、「お化《ば》け屋敷《やしき》」の名を返上するつもりなんだろうか。そう簡単に、あだ名なんて変わるものでもないのに。

悪あがき、じゃないの。そう考えつつ、でも、すぐに変われなくても形から入るのも一つの方法かもしれない、なんて思い直したりする。

あっちに傾いたり、こっちに傾いたり。弥次郎兵衛《やじろべえ》みたいなのは、やはり心が落ち着かないせいなのか。

それとも、これはまだ世の中で認知されていないだけで、歴《れっき》とした病気なのだろうか。ウイルス性の伝染病で、もしかしたら地域限定かもしれない。感染したらもやもやしちゃう病気。「もやもや病」はこの世に実在する別の病気だから、私のそれは「もやってる病」と呼ぶことにする。

そんなへんてこな説が、突如浮かんできたのには理由がある。

家に、もっと重篤《じゅうとく》なもやってる病の患者がいたのだ。

母だ。

私が帰宅した時、母はリビングのソファーに座ってテレビを見ていた。それのどこがおかしいのか、と突っ込むなかれ。母は「視《み》ていた」のではなく、「見ていた」。つまり電源の入っていない画面を、何も映っていない、何も動いていない、何も音のしない、ただのグレーっぽい四角形をただ注視していたのだ。

「ただいま」

「お帰り」

「何してるの」

「別に何もしてない」

「……そう」

確かに、何かしているようには見えないので、正解なんだけれど、何だか違和感があった。何だろう。そうだ、うちの母は夕方こんなにぼんやりしていることはめったにない人だからだ。

子供部屋から妹たちの気配があったので、まずは尋ねてみる。

「ねえ。お母さん、どうかした？」

「あ、お帰りお姉ちゃん」

すぐ下の妹、メグムが盤面《ばんめん》から顔を上げて私に言った。妹たちは、のんきにボードゲームなんかやっている。母がいつもと違うって気づいていないのだろうか。

「お母さん、変じゃない!?」

「うん」

うん、って。知ってて、どうしてのんびり遊んでいられるわけ？

「身体《からだ》の具合は、そんなに悪くないみたい」

メグムが、緑色の駒《こま》を動かしながらつぶやく。

「どうしてわかる」

私は、発する言葉にトゲトゲをいっぱいくっつけてメグムに投げつけた。しかし、受ける相手は気づかないのか淡々と答える。

「どうして、って。体温計を脇の下にはさませて、お父さんの血圧計を持ってきて計ったから」

「メグムが?」

「うん。どっちも正常値だったけど、お医者さんに連れていったほうがよかった? でも、本人が大丈夫だって言ったから」

サイコロでいい目を出したキリの持ち駒である赤いとんがり帽子《ぼうし》が、ロケットのマスに止まって近道を横断していく。ビューン、と擬音つきで。

「そう。わかった」

私だって、早く帰っていたとしても、体温計るくらいしかできなかっただろう。だから、ここは「ご苦労さん」って引き下がるしかない。それでも、それ以上何もできなくても遊ぶことないのに、って思っちゃうのは私に余裕がないからか。

「宇宙人に会ったんだって」

突然、キリが言った。

「何それ」

私はメグムの顔を見た。キリには悪いが、私はちゃんとした説明を聞いて理解したいのだ。

「よくわかんない」

「わかんない、って」

でも、母本人がそう言ったらしい。

「喩《たと》えかな」

「喩え?」

この平和な日常で、どうしたら「宇宙人に遭遇《そうぐう》した」なんて喩えを使わないと説明ができないようなことが起きるというのだ。

「お母さん、スーパーから帰ってきたら様子が変だったんだ」

「うん」

メグムは、メグムがわかっている範囲で話をしてくれた。

「お母さん、買い物を二袋分持ってた」

「二袋分?」

母は、日頃はスーパーに行っても、エコバッグ一つに入る分までしか買い物をしないことにしているのに。もう一つ、スーパーのレジ袋があった、と。

エコバッグに入っていた最初の買い物は、我が家でよく買う常連の商品ばかり。しかし二つ目のスーパーのレジ袋に入っていた品は、まるでよそのご家庭の買い物を間違って持ち帰ったのではないか、と思えるくらい馴染《なじ》みがない物が入っていた、と。それぞれキャベツが一玉ずつ入っていたというのも、確かにどうかしている。

「で、どこで宇宙人が出てくるわけ?」

「レシートは二枚あるから、お母さんは同じスーパーで二回レジを通ったんだ。一回目と二回目の間に、誰か、たとえば大嫌いな人とかと会っちゃった」

「何、そのストレスでスーパーに引き返してバカ買いした、ってこと?」

「とか」

「その会った人、っていうのが、たとえば私たちのうちの誰かの同級生の母親、とか、昔の担任の先生とかだったりして、誰って名前を言うのもはばかられるから、宇宙人って言ってごまかした、と」

私の導きだした答えらしきものに、メグムはうなずいた。

「一応、筋が通るかな、って」

「なるほど」

宇宙人のせいでぼーっとしている、に比べたら、よっぽど現実的。暫定《ざんてい》でその説を採用しよう、ってな時に、黙っていたキリが口を開いた。

「宇宙人に記憶を消されちゃったんでしょ?」

姉たちが何やらこねくり回しているのにはついていけなかったが、どうにか会話に参加はしたい、と思ったのだろう。しかし、オバケは怖いが宇宙人は大丈夫なのか、この小学三年生は。私は宇宙人のほうが怖いけどね。地球外の生物なんて、何してくるか予想もつかない。オバケとか幽霊とかだったら、最悪でも「呪《のろ》い殺される」だけだ。

「ほほう、そりゃ詰めが甘い宇宙人だね」

せっかくだから、少しはキリにつき合ってやるか。

「甘い？　何で？」

「記憶を消すなら、宇宙人に会ったってところから消さないとだめでしょ」

「本当だ。お姉ちゃん、頭いい」

ぱーっと電球が光るみたいに笑うキリ。素直すぎて、こっちの気が抜ける。やっぱり、十以上歳が離れていると、戯れに突っついてみても、跳ね返ってこないからあまり面白くない。

「じゃ私、手洗いとうがいして、夕飯作るわ」

私はメグムを見下ろして言った。母の体温や血圧を計ってくれたのはご苦労さん。でも、その先にやることがもっとあるでしょう。やっぱり、まだまだ高一ね。お母さんの調子が悪いなら、自《みずか》ら率先して家のお手伝いをしないとね。――という眼差《まなざ》しで。

しかし、メグムは一刀両断すっぱりと否定した。

「あ、それやめたほうがいい」

「ど、どうして?」

何だ、何だ、その自信。

「私もさっき、お母さんに申し出たんだけど」

「え」

「夕飯くらいできる、って。ヒステリックに断られたから」

メグムの横で、キリが駒を左右の頭に一個ずつ載せて「いーっ」っていう顔を作った。角《つの》が出た、ということか。

「そうか、わかった」

そういうわけで、娘たちは子供部屋でおとなしくゲームでもするしかなかったというわけか。

「教えてくれてありがとね」

何か負けた感があったが、これ以上戦う気も失せたので、おとなしく洗面所に向かう。とにかく、うがいと手洗いは済ませることにしよう。

「はい、おやつ」

気のつく次女が、運んできた竜田《たつた》家の本日のおやつは、グミと煎《い》った煮干しだった。グミは母の間違った買い物の一つで、それが不評だったために苦肉の策で登場したのが煮干しらしい。

グニャグニャとポリポリ。

確かにね。

私も煮干しのほうに軍配を上げた。

ポリポリ。

その晩、母が誰の手も借りずに作った食事は、何というか……惨憺《さんたん》たる物だった。

母は滅多に料理で失敗することはない人だったが、煮物の味付けはひどいわ、焼き魚は焦《こ》がすわ、で、食卓に上がったまともな物は昨日炊《た》いて冷凍しておいたご飯くらいなものだった。

宇宙人に会ってしまったのだから、ショックで通常営業できないのは仕方ない。

お母さんをそんな風にしちゃえる「宇宙人」って、いったい何者なのだろう。もしかして、お父さんと結婚する前につき合っていた恋人だったりして。

追加で出された魚肉ソーセージを咀嚼《そしやく》しながら、私はぼんやりとそんなことを思っていた。

それとも、やっぱりウイルス性のもやってる病なのか。

その夜、私はＵＦＯに乗ってやってきた全身緑色の宇宙人にさらわれる夢をみた。あろうことか、その宇宙人は碧の顔をしていた。

緑色の碧は、私の顔をじっと見て緑色の涙を流した。

「カスミ、記憶をなくすのと残しておくのどっちがいい？」

私は、対象になった記憶がどんな記憶かわからないけれど、取りあえずなくなるのは嫌だと思った。

「花柄ワンピースの碧も、緑の肌の碧も、全部忘れたくないよ」

すると、緑色の碧は、あの、私が飼えなかった子犬そっくりな表情をして笑った。緑色の尻尾をぱたぱた振っていたけれど、それはちょっと違うな、って、笑いながら突っ込みを入れたところで目が覚めた。

クロッキー帳上の誰か

1

結論を先に言えば、母と私の不調は、同じ病原菌による病からくるものではなかった。

なぜなら、母は翌日にはすっかり症状がなくなり、いつもの明るくしっかり者の「お母さん」に戻っていたからだ。それに引き替え、私といったら依然回復の兆《きざ》しがない。

といっても、いつももやもやしているわけではない。テレビのバラエティ番組でお笑い芸人が面白いギャグを言えば大口開けて笑うし、コスメショップでもらった試供品のシャンプーの香りが心地よくてお風呂で鼻歌を歌ったりもする。でも、なにをしていても心の片隅《かたすみ》に放置された「小さなもやもや」の存在を忘れることができなかった。

私がぽろっとつぶやいた「何でお母さんは一日で治ったんだろう?」を拾って、メグムが答えた。

「お祖母《ばあ》ちゃんに話して落ち着いた、って言ってたけど?」

母が通常営業に戻って数日後の夜。キリはすでに二段ベッドの下の段ですやすや寝息をたて、メグムはパジャマに着替えているところだった。

「メグムにそう言ったの?　お母さん、本人が?」

机に向かっていた椅子《いす》をくるりと回して、私は妹を問い詰めた。そんな話、聞いていない。

「私に直接言ったわけじゃないけど」

けど？　間接的には聞いた、ってことか？

「どういうことよ」

私は尚《なお》も質問し続けた。パジャマのボタンを留め終えたメグムは、うんざりした顔を隠さず答えた。

「失敗料理を作った夜、お母さんがお祖母ちゃんに電話してたの聞こえてきて、その時お祖母ちゃんに言ってたから」

「どうしてメグムだけ」

私は椅子から立ち上がった。面倒くさいよね、メグム。でも、お姉さんは気になっちゃうとそのままにしておけない性格なんだよ。もうちょっと、つき合っておくれ。

「トイレに起きた時だもん。それも、聞いたのは最後のところちょっとだけだしさぁ」

「私、もう寝てた？」

「寝てたんじゃない？　いびきかいてたから」

いびき？

「メグムっ！」

私は妹の手を取った。

「な、何」

「話は変わるけど、私本当にいびきをかいてる？」

「え？」

「マジなところ聞かせてほしい。お姉ちゃんがいつも意地悪するから、仕返しに嘘《うそ》言って
ダメージ与えてやろう、とかそんなのなしで」

もう母の話はいい。大体のことはわかった。母が回復したのは、お祖母ちゃんに話をしたから、はい了解。今度、私もお祖母ちゃんにアドバイスをもらいに行けばいいんでしょ。

ってことで、次。

「かいてるよ」

無情にもメグムは、私の手を振り払ってからすっぱりと肯定してくれた。

「自分で気づいてないの？」

「うん」

お母さんに指摘されただけで、今もって自覚はない。

「――ってことは、私もかいている可能性があるのか」

胸の前で腕組みをして、メグムがつぶやく。自分で気づいていないという点においては、私とメグムは同じ、というわけだ。けれど、違う。

「メグムやキリは、私が知っている限りいびきをかいてはいない」

私は証言した。メグムには正直に言うよう迫ったのだから、こちらだって誠実に対応するべきなのだ。すると、メグムは正面から私の目を見て言った。

「そんなにひどくはないよ。死んだお祖父《じぃ》ちゃんの半分くらい」

メグムは「死んだお祖父ちゃん」と言ったが、実のところうちは父方も母方も祖父はなくなっている。しかし、父方の祖父母は私が生まれるよりも前、もっというなら両親が結婚するよりも昔にこの世の人ではなかったので、私もメグムも会ったことがないのだ。ということは、いびきだって聞いたことがないわけで、そうなると先の「死んだお祖父ちゃん」は必然的に母方の祖父以外にはあり得ない。

お祖父ちゃんのいびき。

「いやあ」

私は思い出して耳をふさいだ。

最悪だ。

お祖父ちゃんの家に泊まりに行った夜に聞いた、強烈だったあのいびき。離れて寝ていた私たちの部屋にまでゴーゴー響いたあのいびき。動物園のゾウ舎の近くで聞いた音に似たあのいびき。半分。あの半分か。

「いびきくらい、いいじゃない」

あくびまじりに、メグムが言った。

「あんた、他人事《ひとごと》だと思って」

「あ、ごめん。病気とかからくるいびきだったら、治療《ちりょう》したほうがいいかも」

そりゃそうだけど。どこか、ピントがずれている気がする。

「病気と無関係だったら構わない、って言うのか」

「そうは言わないけど」

こっちがどんなに悩んでいるか、わかっていないから「いいじゃない」なんて軽く言えちゃうんだ。

「私が結婚できなくても、あんたには関係ないもんね」

ついに私は、そこら辺に埋まっているって知っていた地雷を自《みずか》ら踏んだ。なのに。

「結婚?」

キョトンと聞き返すメグム。キョトン、って。こっちはもう、プライドもかなぐり捨てて相談しているっていうのに。キョトン、はないだろう。キョトンは。

「いびきが結婚の障害になるなら、世の中の相当数の人が結婚できなくなるんじゃないの？」

そりゃ、その通りなんだけれどね。だからあなたも結婚できますよ、とかで片づけてほしくないいんですよ。

「そうは言うけど」

これからいびきを連れて嫁入りしなきゃいけない、若い娘の気持ちになって考えてみてよ。

「私、お祖父ちゃん好きだった」

メグムは言った。

「私だって」

負けずに答えた私に、うん、と一つうなずいて続ける妹。

「お祖母ちゃんさ、お祖父ちゃんのいびきを聞いて笑ってたじゃない」

「そりゃ、熟年カップルだったからでしょ。大好きだから、いびきもお祖父ちゃんの一部として受け入れていたんじゃないの？」

「お姉ちゃんだって、わかってるんじゃない」

メグムは「じゃ、おやすみ」と言って梯子《はしご》を使って自分のベッドに上っていった。

つまり、何が言いたい？　私は、脳みその中をスペシャル回転して考えた。

お祖父ちゃんとお祖母ちゃん、陽造《ようぞう》さんと永子《ながこ》さんのような夫婦になれば、幸せな結婚生活が送れるということか。

「なるほど」

永子さんのように心の広い伴侶《はんりょ》を探し、陽造さんのようにいびきを相殺して余りある魅《み》力《りょく》的な人間になる。

しかし。

どっちも、かなり難関を突破しないと手に入れられない気がした。

コツコツ努力するのがあまり得意じゃない私は、思案する。

もっとお手軽に解決する方法は、どこかにないものだろうか。

2

楽して欲しい物を手に入れる、なんて、そんなうまいアイディアはそうそう転がっているはずもない。

いびき問題も、碧《みどり》とのことも、解決できないまま、私は悶々《もんもん》とした日々を送っていた。

大学が休みになると、途端に暇《ひま》になる。

時間ができたらやろうと思っていたこととか、あったはずなんだけれど、実行に移す気になれない。

一人で出かけてもつまらないことは経験済みだったから、目的もなく街を彷徨《さまよ》うのはやめた。それに、一人で出かけると、なぜかお金がかかるのだ。人目を気にして、小洒落《こじゃれ》たカフェとかに入ってしまうし、ウィンドウショッピングのつもりで入ったショップで見栄《みえ》を張って大して気に入っていないキャミソールとか買ってしまったりする。碧が一緒だったら、安い牛丼屋や安いラーメン屋や安いファストフード店で一番安いメニューを注文したって平気なのに。碧が側《そば》にいてくれたら「それいらないでしょ」と言って買わずにお店を出ることもできるのに。

何も碧じゃなくてもいいんじゃないか、とも考えたけれど、わざわざ誘いたい友達は思い浮かばなかった。大学の仲間たちは一緒にいて楽だけれど、それぞれ趣味が違うから、目的もなくだらだらお出かけする相手には向かない。この間合コンで久々に再会した高校時代のクラスメイトたちは、睦美《むつみ》を除いて連絡先すら知らなかった。それなら睦美はどうかというと、碧に会えないから睦美と、という気分には、両方に悪くてどうしてもなれなかった。

母が仕事で留守をし、妹たちがまだ夏休みに入っていない午後、一人で家にいた私は眉毛の手入れをしながら、ふと気が向いてクロッキー帳を手に取った。鏡に映った自分の顔を見ているうちに、何となくデッサンしてみたくなったのだ。

手近にあった一番濃い鉛筆はBだったけれど、いたずら描きだから構わない。サッサッと、軽いタッチでまず大まかな形をとる。美大受験の予備校に通い始めた頃は箸《はし》にも棒にもかからないほど下手《へた》くそだったが、数をこなしただけあって、まあまあ見られるくらいには上達した。

問題は、対象が自分の顔ってところか。描き手としては見たまま写さなきゃいけないのに、モデルとしては少しでも良く描いてほしがっている。ジレンマ。

試しに、少し目を大きくしてみた。すると、メグムの顔に似てしまった。ああ、似てない似てないと思っていたのに、やっぱりそういうことか、と苦笑する。練《ね》り消しゴムが探せなかったから、普通のプラスチック消しゴムで目のラインを消して描き直す。

私の顔。何も飾らない、素顔の私。

無心で、鏡とクロッキー帳を代わる代わる見て描き上げた。そこにあるのは、間違いなく私の顔だった。

「……」

でも、ほんの少し、本当に少しだけれど、「違う」。コップ一杯の真水にレモン汁を一滴落とした、それくらいの違和感があった。

私の中に、ほんの少し別の誰かがいる。

「――碧？」

私は試しに、クロッキー帳上の「私」の長い髪を、両手を使って隠してみた。耳から下の髪が消えてショートヘアーになった「私」は、碧にとてもよく似ていた。もともと私たちはそっくりとか言われてはいたが、それは全体的な雰囲気《ふんいき》であって、目鼻立ちとか個々に取り出してみればそれほど似てはいないのだ。パーツが違う福笑いをやったのに、たまたま醸《かも》し出す感じが似てしまった、そんな感じだ。だから、私のパーツのみで描かれた私の顔に碧の要素は入るはずがない。それなのに、どうして目の前の鉛筆デッサンは碧になってしまったのだろう。

いけない。

私は、もやってる病をこじらせている。

どうしたらいい。

けれど、「もやってる病」の「もやってるウイルス」は科学者や医者が発見したものじゃないから、たぶんまだ特効薬は生まれていない。

私は、藁《わら》にもすがる思いで祖母に電話をかけてみた。

母の不調を治した腕で、私のことも楽にしてほしい。

家電《いえでん》にかけたら留守だったので、ダメ元で携帯電話にしてみる。すると、七回か八回のコールでつながった。

「お祖母ちゃん？」

『あら、カスミ。珍しいわね。どうしたの』

出先らしく、祖母の声に微《かす》かに街の雑多な音が混じって聞こえる。

「実は、相談に乗ってもらいたいことがあって」

『恋の話かしら』

「いや、そういうのとは違う。けど、友達のことで――」

しゃべっている最中、向こう側からかぶせるように声がした。

『あー電話遠いわ。耳も遠くなったから、尚更聞こえづらい』

「そっか」

外みたいだしね。またお祖母ちゃんが自宅にいる日を聞いて、改めてかけたほうがいいのかもしれない。そう思いはじめた時、電話の向こう側から意外な提案があった。

『だからね、カスミ。よかったらちょっと出てきなさいよ』

「え？」

出てきなさい、って。

『カスミは今、どこ？　家？』

「うん」

『お祖母ちゃん、ボーイフレンドの書道展行った帰りで、竜田《たつた》家からそう遠くない駅にいるのよ』

そういうことなら。私はよれよれのTシャツを襟《えり》にビーズの飾りがついた黄色いフレンチスリーブのカットソーに、パジャマのズボンみたいながばがばパンツを白と水色のストライププリントのカプリパンツにチェンジし、しっかり戸締まりをしてから家を出た。

3

約三十分後、私はお洒落な喫茶店《きっさてん》の座り心地のいい椅子に腰掛けて、クリームソーダなんてものを飲んでいた。

「この街たまに来るけど、こんなお店知らなかった」

「ちょっと大通りから外れているからね。古いお店で、お爺《じい》さんお婆《ばあ》さんが常連さんなのよ」

雰囲気あるでしょ、と笑うのは、私の大好きなお祖母ちゃん。きれいな白髪をふんわりとセットして、薄紫色の上品なワンピースに白いレースのカーディガンを合わせている。ストローでブラックのアイスコーヒーをすすったローズレッドの唇《くちびる》が、「で？」と動いた。

「『で？』？」

ソーダの海に丸く浮かんだアイスをストローで突っつきながら、私は首を傾《かし》げた。

「いやね。友達の話でしょう。ぐずぐずしてると日が暮れちゃうわよ」

「うん」

そうでした。相談事があるって私がもちかけたから、今のこの状況ができあがったのだった。

「実は」

私は、碧とのことを話した。高校から今現在のことまで。特にここのところ、碧のことばかり考えてしまうことを包み隠さず打ち明けた。カウンセラーに嘘をついては、適切なアドバイスは受けられないだろうし、もしこの話が誰かに漏《も》れたとしても、それはその必要があったから漏らしたのだろう、と納得できるくらい、私はお祖母ちゃんを信頼していた。

「ふうん」

ひとしきり話を聞き終えると、祖母は複雑な表情をして私に向き合った。

「カスミさ、さっき電話で恋の話じゃない、って言ってたけれど。お祖母ちゃんには、どうにも恋の話にしか聞こえないのよね」

「はあっ⁉」

ゆったりとしたクラシック音楽が流れる店内に、私の素《す》っ頓狂《とんきょう》な声が轟《とどろ》く。お祖母ちゃん、今何言った？ 恋？ 恋だって？ 私と碧の間に、「恋」って名詞を挟んでくれちゃう？

日頃から、孫娘たちに「恋をしなさい」と一つ覚えみたいに言っている祖母ではあるが、あまりに言い過ぎてとうとう麻痺《まひ》しちゃったんじゃないのか。

「恋にもいろんな形があるでしょう」

「そりゃそうだけど」

大学の仲間の与羽《よはね》は、男であるが男の恋人がいる。いつだったか柚花《ゆか》が読んでいた雑誌の人生相談では、私と同世代の女の子が親友だと思っていた女友達に恋愛感情を抱いている、と悩んでいた。世の中には爺さんと孫みたいなカップルもいるし、近親で愛し合っている人たちだって存在する。一緒くたに丸めて語っていいのかわからないけれど、強い結びつきで種さえも超えた組み合わせや、一枚の絵を伴侶のように愛《め》でるのも、広い意味では「恋」と呼べるものかもしれない。

「私、そんなつもりで碧を見たことない」

私のつぶやきに、祖母はただ「そう」とほほえんだ。

碧のことは好きだ。できればずっと側にいたい。今と変わらない距離を保って。でも、私が碧に恋してしまったとしたら、これまで通りにはいかないはずだ。

「仮に。仮にだけど、これが恋だったとしたら。私、どうしたらいいの」

明日、大学の仲間たちと合宿の買い物をしに行くことになっている。二人きりではないものの、碧に会う。その時、不意に「恋」なんて言葉を思い出したりしたら、どう接していいかわからなくなる。

「好きになさい」

祖母の回答は一見突き放したみたいに聞こえたが、そうではなかった。

「この想いを伝えて、相手に思い知らせてやってもいいし。心に秘めたまま熟成させてもいいし。恋を否定して友だちとしての関係を維持し続けるのもいいし。何もしないまま、成り行きを見守るのもいい」

「何でもいいんだ」

「そうよ。だって恋なんて、基本わがままなものだもの」

シャンソンを歌うみたいに、祖母の唇が動く。

「カスミは病気みたいって表現したわね。それって、ある意味当たっている。恋なんて熱に浮かされている状態なの。冷めてみて、あちゃーってなるものなの。でも、最中《さなか》にいる間は、誰が何を言おうと駄目《だめ》。忠告なんてしようものなら、かえって反発してもっと燃えあがっちゃう。だったら、もう好きなようにやればいい。お祖母ちゃんはそう思う」

「あとであちゃーってなっても？」

「そりゃそうよ」

祖母の笑い皺《じわ》が深くなる。

「客観的に見て、あちゃーなんて状態、なかなかなれるものじゃない。それくらい夢中だったんでしょ？　経験できただけ幸せ、ってなもの」

「お祖母ちゃんも？」

「お祖母ちゃん？　お祖母ちゃんはね、いっぱい場数踏んできたから、ちょっとやそっとのことではあちゃーっとはならないけど。でも、そうね。若い頃のことを思い出すと、時々、あーあ、あんなことしちゃって、とか思うかな」

「若い頃って？　お祖父ちゃんと結婚するより前？」

「ふふふ。そりゃ、お祖母ちゃんはいい女だったから、男の人が放っておかなかったわよ。陽造さんと一緒になる前にも、まあいろいろいろありました」

その「いろいろ」を聞いてみたい気もするけれど、一旦お預けにして、今日のところはおとなしく帰ることにした。どうせだから家《うち》に寄っていけば、って誘ってみたけれど、今夜はチーズとワインをちびちび口にしながら、一人でフランス映画のDVDを観《み》たい気分、なんだって。もしかしたら、一緒に家に帰ったら、私がお祖母ちゃんに人生相談したことが家族に知られてしまうから、かもしれない。

「今度ゆっくりね」と手をひらひらさせて、私と逆方面の電車のホームへ続く階段を下りていった。

相変わらずカッコいいなぁ。私は惚れ惚れしながら後ろ姿を見送った。

4

だから、私はお祖母ちゃんと会っていたことを言わなかった。

お祖母ちゃんからもらったアドバイスはまだ未消化な部分が大半だったが、夜ベッドの中でもゆっくり反芻《はんすう》して自分の栄養にしようと決めていた。

せっかくプールした金言《きんげん》がこぼれ落ちないよう、その日は努《つと》めておとなしく過ごした。バラエティ番組の一発芸なんかで大笑いして、どっかに吹っ飛んでしまったらもったいない。

しかし、そういう時に限って邪魔《じゃま》が入るものなんだ。

妹のメグムが落ち着きないのは、帰宅して顔を合わせた瞬間気がついていた。夕飯を食べながら、ちらちら私のほうを見ているのもわかった。これは何か言いたいことがあるんだな、とは察したものの、こちらから言うことではないのであちらがアクションを起こすのを待つことにした。

私がお風呂を終えて子供部屋に戻ると、先に上がっていたメグムが私のベッドにちんまり座っていた。キリはすでに寝息を立てている。わざわざ起こさない、っていうか、寝るのを待っていたからこの時間になった、と考えるのが順当で、つまり小学三年生はお味噌《みそ》というわけだ。

積極的に「聞きたい」、とは思わなかった。でも、「絶対に聞きたくない」とも思わなかったので、ここは妹の話に耳を傾けることにした。ずっと話したそうな素振りで同じ部屋にいられたら、こちらの気も散るってもの。とにかく、しゃべればメグムもすっきりするはず、私はメグムの隣に腰掛けた。

しかし。

「ホーンテッドマンションの住人と会った」

その内容はというと、私の思いも寄らないものだった。

「え?」

ホーンテッドマンションって、あの、ベランダから見える黒い屋根の、最近お引っ越しがあって多少小ぎれいになったけれど、過去には美少年を主食にする狼男《おおかみおとこ》が住んでいたり、きれいなお姫さまが閉じ込められていたり、家の中に生首がずらーっと並んでいたっていう、近所のあのお屋敷《やしき》のことを指しているのか。

「会った、って。住んでいる人を見かけたってこと?」

俄然《がぜん》、興味がわく私。誰かが門を入るところを見た、とでも? いやいや、それだとホーンテッドマンションを訪ねたお客さんかもしれない。メグムが住人と断定したからには、それなりの根拠があるはず。たとえば、ゴミ捨てをしているところを目撃した、とか。

「話をした。名前も知ってる」

手柄を見せびらかすように、メグムは言った。

「あと、ホーンテッドマンションは昔、白墨邸《はくぼくてい》って呼ばれていたらしいよ。お祖母ちゃんが言ってた」

ご丁寧《ていねい》に、プチ情報まで挟んでくる。ちょっとイラッときたけれど、好奇心には勝てない。

「話をしたって、どういうこと？」

まずは、この子が持っている情報を全部吐き出させる。お灸《きゅう》をすえるのはそれからだ。

「学校の帰り道で風に帽子《ぼうし》を飛ばされて、塀《へい》を越えてホーンテッドマンションに入っちゃったの。そうしたら中からアポロンに似ている背の高い男の人が出てきて、帽子を返してくれて――」

「アポロン？」

「石膏像《せっこう》の」

「ああ。――って外国人？」

石膏像のアポロンといったら、デッサンで何度も描いたからよく覚えている。クルクル巻き毛の、彫りが深いハンサムだ。いわゆる、バター顔。日本人でその手の顔は、あまりお目にかからない。

「ハーフかも」

メグムは自信なさげに答えた。

「それで？」

ただ敷地内に入った帽子を手渡したり手渡されたりしただけで、自己紹介するものだろうか。もし事実なら、そいつは軟派な危ない奴だからメグムに注意しておかないと。高い塀の中に連れ込まれでもしたら、大変だ。

「それでアポロンさんと少し話をしていたら、今度は帽子を被った小柄な老紳士が帰ってきて」

あれ、もう一人登場人物が加わった。

「その人も外国人なの？」

「日本人じゃないのかな。ヤナギハラさん、って言ってたし。ヤナギハラ　アリマサ」

フルネームか。それはご丁寧に。

「アポロンは？　アポロンって本名なの？」

「ううん。アルトだって」

「苗字《みょうじ》は」

「聞いてない」

情報が中途半端で、うまくイメージが浮かばないんですが。

ていうか、私の中ではもう、「石膏像↓青白い顔↓フランケンシュタインの怪物」で、「小柄な老人↓子泣きじじい」に変換されちゃって、それじゃあ本当にオバケ屋敷じゃないか、ってある意味納得なわけだ。たぶん、メグムの目を通して見た彼らは、まったく別物なんだろう。

「その二人、どんな関係？」

「さあ……？」

一緒に暮らしているのなら、一般的には親子か。アリマサがどれくらい老人かわからないが、祖父と孫という可能性もある。しかし、顔は全然似ていなかったとメグムは言った。

「その爺さんは石膏像みたいな顔じゃなかった、ってことか」

とそこまで言ってから、私はわざと考え込むような仕草をして「……怪しいな」と続けた。実はそんなに「怪しいな」なんて思わなかったんだけれど、ちょっとメグムに意地悪してやりたくなったのだ。

「何が？」

キョトンと首を傾げるメグムに、クスリと笑ってから小声で囁《ささや》く。

「恋人なんじゃない？　アルトとアリマサ」

「えっ⁉」

メグムは声を上げた。相当驚いたみたい。

「しっ、キリが起きちゃう」

私は唇の前に人差し指を立てた。メグムは一度立ち上がって二段ベッドまで歩み寄り、下段の様子を確認してから戻ってきた。キリは熟睡していたらしい。

「で、でも。男同士だったよ。年の差だって」

会話は再開されたが、メグムは明らかに動揺している。

「高校生にもなって、何とぼけてるの。愛にいろんな形があるってことくらい、知ってるでしょ」

言いながら、「おや、さっきどこかで聞いたようなフレーズだな」と思ったけれど、気持ちいいから構わずそのまま続ける。

「知ってるけど」

メグムは口を尖らせた。

「でも、実際、男同士のカップルを見たことないもん」

「そう。じゃ、今度うちの大学見学しにおいで」

美大のせいだろうか、性的マイノリティであることを隠さずオープンにしている学生が結構いる。見世物《みせもの》にするつもりはないが、与羽と言葉を交わしてみれば、彼らが当たり前に存在していることを実感できるはずだ。

「この世の中、同性愛者はいる。年の差婚もある。だったら、その複合形で爺さんと青年のカップルだっていておかしくない。ついでに言うなら、爺さん同士だっているからね。長くつき合っていれば、当たり前に年はとるんだから」

あれ、私なんでこんなに熱く語っているんだろう。おかしいな、ちょっとメグムを突っつくだけのつもりだったのに。まあ、いいか。そろそろこの辺で切り上げよう。

「ショック？　そうよね。メグムはアルトのことちょっといいな、って思ってるみたいだし」

鎌をかけただけなのに、メグムは金魚みたいに口をぱくぱくさせながら、やっと「ち、違っ」と発した。ごめん、図星だったのか。お姉さんが悪かった。そんなに顔を真っ赤にして興奮しないで。

「でも、あんたに意地悪したくて言ったんじゃないのよ」

本当は意地悪したくて言ったんだけれど。つなぎの言葉として、スルッと口から出た。

「話を聞いているうちに思い出したの」

「思い出した？」

メグムとしても、アルトの話を引きずりたくなかったから、話題を変えるのはウエルカムだったろう。

「ハジメの話」

「ハジメ?」

誰だっけ、と思い出そうとするメグム。私だって顔は知らないから、へのへのもへじに小学生の男の子の身体《からだ》をくっつけて「ハジメ」と言っているにすぎない。

「ほら、キリの」

「あ、ボーイフレンドか。ナルシストの」

実際世間の評価はどうであれ、本人は自分がきれいな男の子だと信じている彼。ナル《ナル》ちゃん《ちゃん》
「あの屋敷には狼 男《おおかみおとこ》が住んでいて、きれいな男の子ばかりを選んで食べる、って都市伝説が存在してるわけでしょ?」

言いながら、これはかなり説得力がある説ではないか、と思えてきた。

「それ、もしかしてアリマサが、若くてきれいな男ばかり取っ替え引っ替えしているから、たった噂《うわさ》なんじゃない?」

メグムに嫌がらせするつもりでそっち方面に話を振ってみたのだが、存外正解だったりして。

ちょっとだけ興奮した。

そんなわけで、その夜はお祖母ちゃんのありがたい言葉を反芻することを、すっかり忘れてしまった。

明日は、大学の仲間で合宿の買い物をしに行くことになっている。当然、碧とも会う。
それなのに。
どんな心持ちで臨《のぞ》んだらいいのか、対策なんて全然たてられなかった。

私のチャイ

1

合宿といっても、海や山に出かけて何かするわけではない。私たちの場合、集中的にグループ制作をやっつけるために大学に数日泊まり込む、ことを指す。これは学祭に展示するための作品だが、授業とか単位とかとは無関係で、出品は自由参加だった。

去年は一年生だったから参加しなかったが、学祭で先輩たちの自由な発想から生まれる芸術作品を数多く見て、来年は自分たちも、と決めたのだった。その制作のために夏休みの数日間大学構内が開放されることも、私たちをわくわくさせた。

私たちグループの予定では、女子は「住《す》み処《か》」に泊まり、男子は外にテントを張って野宿。食事はバーベキューや飯盒炊《はんごうすい》さんにカレー、豚汁……。制作のための合宿か、合宿をしたいから制作するのか、そんな感じのイベントなのだった。

それで、今日はその準備の買い物をするため、六人で予定を合わせた、というわけだ。

碧《みどり》に会ったら。まず、どんな言葉をかけたらいいだろう。

やっぱり第一声は大切だ。初《しょ》っぱな間違ってしまったら、なかなか修正するのは難しい。

すると、碧の態度を見てからどっちにも転がれるよう、ニュートラルでいればいいってことか。

ニュートラル。

ニュートラルってどういう状態だ？

無表情だとちょっと怖いから、媚《こ》びない程度に微笑して、まずは挨拶《あいさつ》の言葉を口にすればいいのか。

挨拶の言葉？

挨拶の言葉って何だ？

こんにちは？　——いやいや。そんな言葉、普段交わしてない。

よっ！　とか？　——それも、違う気がする。

いつも、会ったら何て声をかけ合っていたっけ？

えっと。

うーんと。

——だめだ。

いつも無意識にやっていることは、無意識なだけに思い出せない。思い出せたところで、それを不自然でなく再生するのは非常に難しいのではないか。

私は大根役者だから。どれくらい下手《へた》かというと、高校の文化祭で主役に大抜擢《ばってき》されたのに、稽古《けいこ》初日に、演出の睦美《むつみ》に失笑を買ったほどだ。私の台詞《せりふ》は大幅カットされ、ダブル主演だった碧に回された。碧は芝居が上手《うま》かった。何でも私の真似《まね》っこしてたくせに、演技力だけはコピーしなかった。

——嫌なこと思い出してしまった。

それはそうと、碧と二人きりになるのは厳しいと判断した私は、約束の時間ぎりぎりに到着する作戦に出た。

メンバーがメンバーだけに、五分前であっても揃《そろ》っていない可能性は大ありなので、本当にぎりぎりに着くよう設定する。かといって遅刻なんてしようものなら、走ってこなきゃ許されないだろうし、そうなると心がけたいニュートラルから遠のいてしまう。

実は根っこが真面目《まじめ》な私は、だから約束の二十分前には待ち合わせ場所の側《そば》までやってきていて、目と鼻の先のファッションビルに入って時間を潰《つぶ》す、なんてことまでして「ぎりぎり到着」を実行したのだった。

しかし。

「え？」

「だから、碧は来ないって」

先に来ていた也子《なりこ》が言った。

「ど、どうして」

「どうして？　カスミが初耳って顔してるほうが、俺には『どうして』だけど」

と、怪訝《けげん》な顔を向けたのは秋臣《あきおみ》。

「……はい？」

話が見えません。ただ、碧が来ない、って重要なところだけは辛《かろ》うじてわかった。

「碧、身体《からだ》の具合が悪いんだって」

「具合が悪い？」

「熱があるから来れないって、秋臣にメールがあった」

つまり、高校からの親友である私にではなく秋臣に連絡が行ったのはなぜか。仲間たちが疑問をもった点は、そこだろう。

「碧とケンカでもしたの？」

「いや。ケンカってわけじゃ。ここ最近、何となく連絡とってなかっただけで」

二人が今どういう状態であるか、なんて、説明したって理解されないだろう。そりゃそうだ。私自身がよくわかっていないんだから。

「碧もカスミに連絡しなかったところをみると、それなりの理由がありそうだけれど、ま、それは聞かないでおく」

「はあ」

そこに、遅刻して現れた柚花《ゆか》が「なになに？」と参加。

「碧が欠席で全員揃わなくなっちゃったけど、買い物どうする？　って相談してたところ」

也子の説明に「あ、そうなんだ」と私も輪の中に加わる。

「別に、どうしてもみんながいなきゃ、ってこともないいんじゃない？　また改めてスケジュール調整したって、全員で集まれるかどうかわからないし」

柚花の意見はもっともだ。今日だって、やっとみんなの予定を合わせたんだから。

「じゃ、とにかく今日のところは合宿で必要な食と住関係の物を購入することにしようか。作品に使う材料とかは、各自こだわりもあるだろうから、今日はサンプルをもらって合宿中に改めて買いに行ったっていい」

と、秋臣。みんながテキパキと話を進めている中、私はただ「うん」とか「賛成」とかしか言ってなかった。

「碧、心配だね」

いつの間にか私の斜め後ろに立っていた与羽《よはね》が、囁《ささや》いた。

「うん」

その言葉は、心にしみた。私は、仲間の輪の中にいるのに、ひどく孤独だった。碧がいないだけで。碧がいないからこそ。

みんなが話し合っているところを俯瞰《ふかん》で見ているような、ガラス窓一枚挟んで自分だけ別の場所にいるような、そんな感じ。しゃべっている言葉も雑音だらけのラジオか、ハウリングを起こしているマイクの音みたいにぼやけて、段々内容もよく入ってこなくなった。

「はい、じゃこれでお願い」

急に、也子がハッキリとした画像で私の目に飛び込んできた。

「何？」

手に何か握らされたので確認してみると、千円札が二枚。

「これは」

首を傾《かし》げる私に、柚花が「ちょっとー」と顔をしかめた。

「話聞いていなかったの？　っていうか、うなずいてなかったっけ？　もしかして、カスミってば授業聞いてるふりして居眠りするのとか天才的に上手いんじゃない？」

「……えっと」

つまり、ぼんやりしていて耳に入ってこなかったその箇所に、かなり重大決定事項が入っていた、とそういうわけらしい。仕方なく、也子がもう一度同じ話をしてくれた。

「悪いけどカスミ、代表で碧のお見舞い行ってきて」

「えっ」

「まだ風邪かどうかわからないけど、もしうつるのが心配なら、差し入れを手渡したら帰ってもいいから」

「差し入れって何」

「お粥《かゆ》とかプリンとか薬とか？　一人五百円集めたその二千円で賄《まかな》って。あ、カスミはいいよ。行ってくれるんだから。足りなかったら後日請求して。レシートなくさないでね」

行ってくれるんだから、って。もう決定しているらしい。

「でもさ。食べ物や薬なんて差し入れしなくても、そんなのお母さんがどうにかしてくれるでしょ」

一人暮らしならともかく、碧は親と一緒に住んでるんだから。

「碧のお母さん、仕事で外国に行ってて留守らしい」

秋臣が言った。欠席メールを受け取っただけじゃなくて、二、三往復やりとりしたらしい。

「留守、なんだ……」

もちろん初耳。

「誰もいない家で、うんうん苦しんでいたらかわいそうじゃん」

「……そうだね」

「こういう時って、男が行っても気配りできないからさ」

「……まあね」

「家が近い人がいいだろうと」

「……うん」

「気心が知れているほうが」

わかった。わかったから、もう言うな。私が適任。そういうことだ。

「カスミがどうしても合宿の買い物に参加したい、って言うなら別だけど」

どうしても、ってわけじゃない。作品の材料とかなら選びたいが、テントとかバーベキューの炭とかなんてどうでもいい。詳しくないから、どこのメーカーがいいとか別にこだわりないし。

「わかりました。私が行きます」

ここまできたら、もう「是非《ぜひ》とも行かせてください」という気持ちになっていた。仮に、私以外の誰かが行くって言っても、くっついていくんじゃないかってくらい。

「碧の家、行ったことある？」

「ない。けど、住所見ながらたぶん行ける」

小学校の頃引っ越すまでは、私は碧の家のある町の隣町に住んでいた。だからあの辺ならば、多少の土地勘《かん》はあった。

2

みんなと別れると、私は碧に電話をかけた。

まずは、私が碧の家に行ってもいいだろうか、と尋《たず》ねた。行ってもいいようだったら、具体的に差し入れしてほしい物を聞いておいたほうがいいし、来てほしくない、と言われたら潔《いさぎよ》く引き下がるつもりだった。

『来てくれるの？』

碧はそう聞き返してきた。

「うん」

嫌なら「くれるの」をつけないだろうから、私はちょっとホッとした。

「何か食べられそうだったら、買っていくけど。薬とかは？」

『あのね、薬はあるからいい。買ってきてくれるなら、牛乳お願い』

「普通の？」

『普通の。大きい紙パックの』

「了解」

みんなから預かったお金は、コンビニで牛乳と百パーセントリンゴジュースとヨーグルトとプリンとゼリーとお粥とファッション雑誌に変わった。


いつも碧が電車を下りる駅から徒歩で十分ほど歩くと、何となく覚えがある並木道に出た。でも、私が自転車を乗り回していた頃は、歩道の舗装《ほそう》はこんな感じではなかった。ではどんな感じだったかと問われれば、答えられない。今この風景が上書きされてしまって、思い出そうとしてもできなくなってしまった。

「確か、この辺りに――」

ペットショップがあったはずだった。

悲しい記憶が甦《よみがえ》って、今でもじわりと涙があふれてくる。こんなことでもなければ、私はこの町にずっと来ることはなかった。違う街のまったく別のペットショップの前を通っても、胸がチクリと痛むのだ。

「あ」

ここだと思った場所に、ペットショップはなかった。代わりにあったのは、小さなお花屋さんだ。

あの頃、この通りには花屋などなかった。だからたぶん、ペットショップが閉店し、その場所に花屋がオープンしたのだろう。店の雰囲気《ふんいき》は全然違うが、よく見ると構造が似ている。洋風の瓦《かわら》屋根の、赤い色が同じだった。

私は、そこでヒマワリを一輪買った。これは、私から碧へのお見舞い。

レジでお金を払う時、脇にあった観葉植物の鉢植えが並べてある棚《たな》に目が行った。この辺り。

子犬や子猫が入れられていたガラス張りのケージがあって、そこにあの子がいた。私は勝手にチャイと名づけていたけれど、もちろん私の犬ではなかった。

小学生だった私は同級生の男の子が犬を飼い始めたこともあって、自分の犬が欲しくて欲しくてたまらなかった。それで、よくこのペットショップに通っては売り物の子犬たちを眺《なが》めた。この犬はここに預けているだけで本当は私の犬なんだ、そんな妄想をして楽しんでいた。

でも、私の子犬たちは、いつも突然いなくなった。本当の飼い主となる人の家に、引き取られていったのだ。

チャイは、茶色い犬だった。茶色いからチャイって。小学生のネーミングセンスってすごい。毛足が短い日本犬で、今から思えば柴犬だったように思える。

私はチャイのことを本当に気に入っていて、店からいなくなった時、とても寂《さび》しかった。けれど、これでいいんだ。新しい飼い主のもとで幸せになるんだ。そう、自分に言い聞かせた。ペット不可の集合住宅に暮らす私の家族は、彼らを迎えることができないのだから。

しかし、チャイは一週間ほどで戻ってきた。それまで私は、店内でただ子犬を見ているだけだったけれど、初めてペットショップの店員さんに話しかけた。この犬、買われたんじゃなかったんですか、と。

店員さんは若い男性で、私が子犬の顔を覚えていたことにまず驚いていたけれど、すぐに「実はね」と教えてくれた。チャイは一度買われたものの、股関節《こかんせつ》が悪くなる病気が見つかって返されたのだ、と。今のところ症状が出ていないし、成犬になっても不自由なく暮らせる可能性もあるから、それでもいいと言ってくれるお客さんがいたらディスカウントして売るという話だった。

「もし誰も買ってくれなかったら?」

私は心配で尋ねた。

「そうしたら、僕が引き取るから大丈夫だよ」

店員さんはそうほほえんだけれど、私は子供ながらにそれは嘘《うそ》ではないか、と疑った。小学校で友達に「病気が原因で返品された犬」の話をしたところ、「そういう犬は処分される」と悲しい目をして言った子がいたから。

返品された犬すべてを、お店の人が引き受けるなんて無理だ。私もそう思う。だったら、その犬たちはどこに行ってしまうのか——。

考えたくなかったけれど、そういうことなのだろう。

私は、「その日」が来るのをできるだけ遅らせたかった。チャイが生きてペットショップの売り場に一日でも長くいれば、もしかしたら心やさしい人の目にとまって引き取ってもらえるかもしれない。だから私は、全財産をドッグフードに変えてペットショップに持っていった。そして、このドッグフードがあるうちは、この子を処分しないでください、とお願いした。

自己満足だとわかっていた。けれど、そうせずにはいられなかった。

半《なか》ば強引に受け取らせて、逃げるようにペットショップを出た。

それきり。

程なく私は引っ越しをし、今日まで十年以上この町に足を踏み入れることはなかった。

「ここ、以前ペットショップでした？」

私が店の人にそんなことも聞くことができるくらい、年月は経っていた。

「さあ……？　私がこの店を開いたのが三年前ですが、その前は、お菓子屋さんだったみたいですけれどね」

私の一回り上くらいの店主は、ヒマワリに負けないくらいの笑顔で「ありがとうございました」と言って私に頭を下げた。

3

碧の家は、花屋からそう離れていなかった。

外壁が煉瓦《れんが》っぽいタイルの趣《おもむき》があるマンションだ。昔、この前の道も私はよく自転車で通っていた。

人生が映画のようにフィルムに記録されていたとしたら、私の映像を巻き戻していくとどこかに小学生の碧がチラッと映っているかもしれない。何年か後《のち》に親友になるなんて知らない二人が、この道のどこかですでに会っていた、ということがないとも限らない。

ランドセルをしょってとぼとぼ通学路を歩く碧を、自転車に乗った私が後ろから追い抜いたり。

青信号になって、横断歩道をあっちからとこっちからと渡って真ん中ですれ違ったり。タイムマシーンに乗って、あの頃の碧に会いに行きたい。小学生だった私たちは、ちゃんと友達になれただろうか。


十年の時を経て、マンションは外壁を這《は》う蔦《つた》の量が増えていた。

エレベーターで最上階の五階まで上がる。『中岡《なかおか》』という表札の下にあるインターホンを押すと、程なくドアが開いて碧が顔を出した。

「カスミっ」

本当に嬉《うれ》しそうに、私を迎えてる。

「寝てなくて大丈夫?」

実際は私がインターホンでここまで呼びつけたわけだけれど、つい聞いてしまう。

「うん。朝薬のんだら良くなった」

碧は上下違うパジャマを着ていた。なので一見寝間着には見えず、このままコンビニくらいまでなら普通に行けそうなファッションだった。

「あ、入って入って」

「でも、みんなからの差し入れを持ってきただけだし」

言いながら、風邪をうつされると嫌だから家に上がるのを躊躇《ちゅうちょ》している、なんて思われたらどうしよう、と心配になった。久々に会ってテンションが上がっているのか、今の私は碧の風邪だったらもらったっていいや、くらいの気分でいた。

でも、私がいることでゆっくり身体を休めなかったら、お見舞いの意味がないじゃない。

お母さんがお留守の家に、勝手に上がり込んでいいのかしら。

もし碧が一人では不自由していて、私がしてあげられることがあるなら、やらせてもらいたいけれど。

いろいろな考えが、浮かんでは弾け、浮かんでは弾け、する。まるでシャボン玉みたいだ。

「カスミさえよければ、カスミの顔を見ながら温かい牛乳が飲みたいんだけど」

甘えるような表情を浮かべる碧に、どうして「帰る」なんて言えようか。

「もちろん、いいよ」

私は勧められたスリッパを履《は》いて、碧の家の中に足を踏み入れた。

先導する碧のあとに続きながら、私は内装のすばらしさに興奮していた。

ここは、たぶん私が生まれる前に建てられたマンションだと思う。事実、エントランスやエレベーターは手入れされているものの、すでにアンティークの域に達した代物だった。そのため、中に入るまでは昭和の団地の間取りをイメージしていた。なのに、中は予想とはまったく異なっていた。

古いは古いが、そこはまるで西洋のお屋敷《やしき》のようだった。大理石っぽい床、チューリップの花みたいな色ガラスの照明、ステンドグラスがはめ込まれた扉、流れるような曲線で構成された家具、葡萄《ぶどう》の葉や実が描かれた壁紙、本物かどうかはわからないけれど暖炉《だんろ》、マントルピースの上にある磁器の置物は何の動物か——。

「アールヌーヴォー?」

ソファーに座ってからも、私はもう遠慮することも忘れてきょろきょろとリビングルームを見回した。私は別に碧の部屋でも構わなかったのだが、碧のほうがさっきまで寝ていたベッドがある場所に私を通すのが嫌だったのかもしれない。それとも、みんなの代表で見舞いに来た私をお客さまとしてもてなしてくれるつもりなのか。

「さあ……? お母さんの趣味を集めたらこんな感じになっちゃったみたい」

「お父さんは?」

「仕事で好きにできるから、自宅はお母さんの自由にしていいって」

そうか、いつだったか碧は「お父さんは家を作る仕事」をしているって言ってた。その時は建築会社で働いているのかな、くらいに思ってしまったが微妙に違うらしい。

「思ったよりずっと広そう」

「ああ。元々はマンションが建つ前に土地を持っていた人が所有してたから、ここだけフロアの半分あるんだ。年をとって持ち主が亡くなって、アシの家が買ったんだけど、その時大がかりにリフォームしたらこんな風になっちゃった」

「ふうん」

このマンションのフロアの半分っていったら、我が家の三倍くらいあるぞ、たぶん。

どうぞ、と目の前にカップに入ったホットミルクが置かれる。お見舞いに来たのに、病人に接待されてしまった。

「あ、そうだ。これ」

私はヒマワリを差し出した。

「もしかして、って見てたんだけど。アシにくれるの？」

「もちろん」

「どこで買ってくれたの？」

「ごめん、ここに来る途中にあった花屋で」

「そう」

「ペットショップなくなったんだね」

「場所、覚えてたんだ。カスミ」

「ん?」

「いや、あの花屋の前はお菓子屋さんだったから」

「うん、聞いた」

「その前は健康食品とか扱ってる店でさ」

「そうなの?」

「その前は箒《ほうき》とかザルとか蚊取り線香を入れる豚とか売ってた」

「商売長続きしない土地なのかな」

「かもね。で、その生活雑貨を置いていた店の前がペットショップだった」

「へぇ……」

ってことは、私が引っ越してからそう時を置かずにペットショップは閉店してしまったのかもしれない。チャイはどうなったのか。碧に聞いたところで「はあっ?」ってな話だろうし、ご近所だから碧が知っていたとしても、その内容があまりにつらいものだったら、私は耐えられないだろう。たとえば、ペットショップの経営者が夜逃げ同然で失踪《しっそう》してしまい、残されたペットたちは保健所に連れていかれた、とか。想像しただけで胸がつぶれてしまいそうだ。

「カスミ、どう？」

花瓶花瓶、と言ってどこかに消えた碧が、ガラスの一輪挿《ざ》しを手に戻ってきたので、私は我に返った。

「どう、って。それ、使っちゃっていいの？」

「ん？」

「だって」

私の目にくるいがなければ、限りなくガレを主張しているんですが、この一輪挿し。きれいな緑色のグラデーションのスラリとしたボディに、流れるような花模様をまとっている。まったく同じじゃないけれど、似たような作品を本で見たことがある。

もし本物だったら、いくらするんだ。ヒマワリ一輪を無造作に挿してしまっていいのだろうか。そして、そもそもこれは花器《かき》なのか。

「高さもあるし、ほらぴったり」

無邪気に笑う碧を見ながら、私は祈った。

どうか私の目がくるっているだけで、ガレとはまったく無関係の花器でありますように。もしガレであっても、大量生産されたレプリカでありますように。

お祈りしている私の耳に、ガチャリとドアの開閉音が届いた。

4

距離と方角から、それは玄関のドアのようだった。

玄関を開けて中に入ってくるとしたら、この家の家族ってことじゃないの？　私はソファーから立って直立不動でその人を迎えた。

「どなたかお客さん？」

スーパーのレジ袋を載せたスーツケースをガラガラ引きながら現れたのは、髪を首の後ろで一本に結び黒縁眼鏡をかけた背の高い女性だった。彼女は私の姿を見るなり言った。

「カスミちゃん」

碧のお母さんであろうと思われるその人とは、「初めまして」のはずである。

「玄関に足のサイズが小さい女性物の靴があったから誰のかと思ったら、カスミちゃんのだったの」

「あ、はい」

いろいろ疑問はあるものの、とにかく私は挨拶をした。

「竜田《たつた》カスミです。いつも碧さんにはお世話に――」

「あら、まあ、どうしましょう。やっぱり碧に似ているわ」

顔を近づけられた私は、「この人、どこかで見たことがある」と考えていた。それは顔が碧に似ているというわけでなく、この人本人をどこかで見かけた気がするのだ。それも、こんなノーメイクの感じじゃなくて、もっと、こう、しっかりお化粧《けしょう》していて、髪の毛ももっとふんわりセットしていて――。

わかった。

「真朱藤子《まそおふじこ》！」

女優さんじゃない、この人。確か、一昨日だかもテレビドラマに出ていた。エンディングで役者さんの名前が出てくる時、一番最後に登場していた。

「今は碧の母でーす」

否定しないところを見ると、間違いなく本人らしい。しかし、テレビで見るよりずいぶんノリが軽い。あれ、ちょっと待て。

「ということは」

真朱藤子っていったら、旦那《だんな》さんは。

「お父さん、中岡蛍二郎《けいじろう》……？」

世界的に有名な建築家の。おしどり夫婦として名高いから、芸能界のことにそんなに詳しくない私だって知っている。

「言ってなかったっけ?」

驚いている私を見て、碧が言った。

「聞いてない」

そりゃ聞かなかった私もうっかりさんかもしれないけれど、でも、普通聞かないでしょ。あなたのお母さまは女優さんですか、とか、お父さまは有名な建築家ですか、なんてさ。しかし、すごいね碧。あんた、超有名人の親から生まれた子供だったんだ。

感動のあまり、この家を見た時みたいに打ち震えると、碧のお母さんがヒマワリを見つけて楽しげな声を上げた。

「すてき。これ、カスミちゃんが?」

「あ、はい。すみません、それお母さんのコレクションだったんでしょう?」

それ、って。ヒマワリの挿してある、例の細いガラスの器を指さした。

「ああ。こんなに愛らしいヒマワリを飾ってもらえたら、ガレも喜ぶでしょ」

まじ、ガレだったんじゃない。

「うちの近所のお花屋さんで? あの店、こぢんまりしているけどセンスがいいから気に入ってるの。お友達がお芝居する時とかの贈り物にね。だから今度こそ長く続いてほしいんだ」

「しょっちゅうお店が変わってる、とか」

そうか、大女優の真朱藤子がご近所の花屋さんをひいきにしているなんて。ちょっと嬉しくなる。スーパーで普通に買い物してる、っていうのもいいな、って思う。

「そうなの。あの場所、どうしてか居つかないのよね。花屋の前も、お菓子屋さんとか健康食品の店とか。そうそう」

そこまでしゃべって、碧に笑いかける。

「ずーっと前はペットショップだったのよね。チャイを買った」

「ち、……チャイ?」

私は、思わず親子の会話に割り込んだ。聞き間違いかと思った。まさか、そんなわけない、って。

「前飼っていたうちの犬。柴犬でね。茶色いからチャイって、すばらしいネーミングセンスでしょ」

ほっほっほと高笑い。さすが女優、お腹《なか》から声が出ている。その脇で、対照的に碧は笑みを引っ込め、慌《あわ》てたように懇願《こんがん》した。

「ちょっ、ごめんお母さん。その話なし」

「えー。いいじゃない、カスミちゃんなんだから。碧ったら、親の許可もないのに勝手に貯《た》めたお小遣いで犬買ってきちゃって。その子ちょっと足が悪くって、ディスカウントされてたらしいの。それ聞いちゃったら、もう私だって返してきなさいなんて言えないじゃない。だからね」

母を黙らせることは無理だと判断した碧は、

「カスミっ。アシの部屋行こっ」

私の手を引いてリビングルームを出た。当然のようにあとに続く真朱藤子女史に向かって、碧は牽制球《けんせいきゅう》を投げるのを忘れない。

「お母さんはついてこないでったら」

「まあ、この子は親が見てないところで何しようっていうんだか」

何って、中高生じゃあるまいし、二十歳《はたち》過ぎた大学生が隠れて飲酒喫煙もないだろう。だから碧のお母さんは二人して悪さをするとか疑っているわけではなくて、ただ単純に我が子をからかってその反応を面白がっているだけなのだ。でも、子供の立場からすると、それが無性にうざったい。

「何ってお話っ」

そう言って、碧は私と一緒に部屋に入ると、すぐにドアをバチンと閉めた。

「……どういうこと？」

アールヌーヴォーでも何でもない、フローリングの焦《こ》げ茶の床と青い壁紙の部屋で、私は碧に静かに問いかけた。

「いやー、参っちゃうね。アシのお母さん。カスミに会ってハイになってるんだ」

「茶色い柴犬で、足が悪くて、ディスカウントされてて……。その上チャイって」

「アシからいろいろカスミの話を聞かされてたし、写真も見てたから、初めてって感じしなかったんだよね」

「どうして碧がチャイのこと知ってるの。ううん、知っていたっておかしくないけど、私がチャイを飼えなかったことも知ってるよね。だからお母さんの言葉を止めたんだよね」

食い違った会話を続けるのにも限界を感じたのだろう、碧が観念して頭を下げた。

「ごめん」

謝ってくれなくていい。ただ、私は知りたかっただけだ。碧とチャイとの関係を。

「本当は、今日こそカスミに話さないと、って思った。まさか、お母さんが先に言っちゃうとはな」

頭をかいてから碧は机の引き出しを開けて、チャックのついたビニール袋を取りだし、中に入っていた畳《たた》んだ包装袋のような物を広げて見せた。

「これ」

犬の写真に見覚えがある。私が、チャイのために買ったドッグフードはこれと同じ商品だった。

「犬を買った時、お店の人が一緒にくれた。チャイって書いてあったから、そのままチャイって名づけた」

「えっ」

手にとって確認した。それは「同じ商品」なんかではなく、私が買ったドッグフードそのものだった。太いマジックペンで、『チャイ』と殴り書きしたのは間違いなく九歳だった私の文字。何もしなくてもすぐに買われていくであろう健康な子犬たちに回されないように、と、願いながら書いたのだ。

「ドッグフードを置いていった女の子が店に来たら知らせて、って、ペットショップに電話番号を置いていったんだ。でも、連絡なかった」

「すぐ引っ越しちゃったから」

「うん。高校に入って友達になってから、そうだったんだ、って気づいた」

そうとも知らずに私は、小学生の時引っ越したという話を碧にしたのだろう。

「でも、何でわかったの？　私だって」

チャイについてきたドッグフードは女の子が置いていった物、ということは聞いていたかもしれないけれど、その女の子が私だって証拠はどこにもなかったはずだ。私は『チャイ』とは書いたが、自分の名前までは残していない。

「カスミは気づかなかったかもしれないけど、アシはカスミがペットショップにいるところを何度か見かけてたんだ」

碧は告白した。

「本当は話しかけたかった。友達になりたかった。でも、当時のアシは勇気がなくて」

「……そう」

だから、高校に入った時、同じクラスに私を見つけてすぐに懐《なつ》き、まとわりついたのか。

「カスミの家では犬を飼えないってわかったから、だったらアシが飼おうと思った。買い手がつかなくて大きくなって、売り物にならなくて処分されたら嫌だから」

「何で、知り合ってすぐ言わなかったの」

私は、右手の人差し指と中指で碧のこめかみを小突いた。

「だって、チャイはもう死んでたから。カスミに言えなかった」

　口をへの字に曲げるから、私まで鼻がつんとなってしまう。

「うん」

　私はゆっくりと部屋の奥へと足を進め、本棚の前で止めた。壁に造りつけられた畳一畳《じょう》分くらいありそうなその本棚は、私の目の高さより少し上にある一段だけ本が収納されていなくて、代わりに写真立てがいくつか飾ってあった。

　私の記憶に残っているのとそう変わらない、子犬のチャイ。幼い碧とのツーショット。家族旅行に連れていってもらった時のチャイ。その中に、私と碧の高校時代の写真も紛れ込んでいた。

　碧が、私とチャイを並べてくれたんだってわかった。そうか、私はここでチャイと一緒にいたんだ。

「これ」

　碧が背後から近づいてきて、私に革でできた小さなベルトのような輪っかを差し出した。

「チャイが最後にしていた首輪」

　私は受け取って、その輪に両手の親指と人差しを沿わせてみた。

「こんなに大きくなれたんだ」

写真で成犬になったチャイを見ても実感がなかったけれど、チャイが身につけていた首輪を手にすることによって、すとんと私の中に落ちた。

チャイは、確かにここにいた。私はやっと救われた。

「碧。ありがとう。ありがとう」

堪《こら》えていた涙を、私は惜しげもなく解放した。碧の背中に腕を回して、ぎゅっと抱きしめる。碧も泣きながら、私を抱きしめ返してきた。

チャイは碧の一家に可愛《かわい》がられて幸せだった。

碧が時々チャイに見えたのは、チャイの魂《たましい》が碧の中で生きていたからかもしれない。

ありがとう。

世界中の神様にお礼を言いたかった。

5

ふっ、と私の背中に回っていた手の力が消えた。

「碧?」

と、呼びかけるのと同時に、碧の身体が膝《ひざ》から崩れた。倒れるって思ったから、脇の下で支えてどうにか持ちこたえたけれど、このままでは共倒れだ。

「碧のお母さーん」

ドアに向かって叫ぶと、程なくお助け人が現れた。

「何、どうしたの」

「碧が」

「ああ」

碧のお母さんは、この状況にさほど驚いてはいなかった。どうってことないから、って感じで部屋の中に入ってくる。

「悪いけれど、カスミちゃん手伝ってくれる？　とにかくベッドに寝かせないと。頭のほうは持つから、足お願い」

「はい」

私は、余程不安そうな顔をしていたのだろう。ベッドに寝かしたあと、碧のお母さんはからりと笑って言った。

「大丈夫よ、すごく緊張したり、頭使ったり、怖いことがあったりすると、それが解消されたあと、ほっとして死んだみたいに眠り込むの、この子昔から」

「そうなんですか」

四年のつき合いだけれど、初めて知った。

「ただねー。こうなっちゃうと、もうしばらくは起きないと思う」

碧の髪を撫《な》でながら、碧のお母さん。

「それじゃ、失礼します私」

親友の寝顔を眺めてるのも悪くはないけれど、そのまま深夜にならない保証はないし、ここは引き上げるのが順当かと思う。

「そうしてもらったほうがいいかな」

私はその言葉にうなずいて、碧の部屋を出た。

アールヌーヴォーのリビングに戻って、置きっぱなしだったバッグをソファーから引き上げていると、思わぬお誘いがあった。

「もし暇《ひま》なら、明日またいらっしゃい」

「いいんですか？」

「もちろん。これからケーキ焼くから、気楽にそれを食べに来て。お昼過ぎには、碧も全快してると思うし」

碧のお母さんは、スーツケースの上に載せてあったレジ袋を持ち上げて私に見せた。どうやら、その中に今さっき買ってきたお菓子の材料が入っているらしい。

「仕事柄、昔から何日か家を空けることがあってね。いい子でお留守番したご褒美《ほうび》に、帰ったらお菓子焼くことにしていたの。こんなに大きくなっちゃっても、それ、まだ続いてて」

そんな特別なお菓子を、お相伴《しょうばん》にあずかれるなんて。どうしよう、なんか、すごく嬉しいんですけれど。

「あと、一ついい？」

玄関で、碧のお母さんが言った。

「はい？」

「碧のお母さんっていうの、ちょっと長いから変えてくれないかな？」

「はあ。じゃ、何て」

「フーコさん」

「ふ、フーコさん？」

「藤子のフーコね」

一応了解はしたものの、何か複雑な気分になった。私はこの先、親友の母親を、そして天下の大女優を「フーコさん」と呼ぶことになるらしい。

フーコさんはエレベーターまで送ってくれた。私を迎えに来たエレベーターが私を乗せてドアを閉める直前、彼女は「そうかー」としみじみつぶやいた。

「カスミちゃんがチャイとそういう関わりがあったとはね」

「はっ？」

一階までノンストップで下りていくエレベーターの中で、私は一人つぶやいた。

「私と碧の『お話』を、しっかり立ち聞きしてたんじゃない、フーコさん」

6

碧の家に行って、お母さんに会って、チャイのその後を知ることができて、私の気分はふわふわと浮かんでいた。

帰りの電車で、一応仲間たちにラインで報告したんだけれど、碧の両親が有名人だってことは今のところ黙っていた。私から発表することではないだろうから。もしかしたら、碧は故意に黙っていたのかもしれないし。

合宿の買い出しは適当なところで切り上げた、という話だ。六人の時は一人の意見が六分の一だから、自分以外が別の意見を支持するなら折れるしかないのだけれど、四人だと、三対一に割れても、碧とカスミがこの場にいたら三対三となる可能性がある、なんて面倒くさい理屈でごねる人間とかいて、なかなか捗《はかど》らなかったらしい。私や碧は、炭とかテントなんかにこだわりはないのだから、適当に決めてくれてよかったのに。

『結局のところ、カスミと碧がいないとみんな楽しくないんだよ』

『今度は六人で買い物！』

なんてメッセージを見ると、やっぱりちょっと嬉しくなった。

愛してるよ、みんな。

ラッシュにかかった満員電車だったから我慢したけれど、そう叫びたかった。

帰宅した我が家は、相変わらずごくごく普通の３ＬＤＫだったが、なぜかいつもより明るく輝いて見えた。

「電球変えた？」

なんて、母に確認してしまうくらい。実際は新しい物に変えたりしていなかったわけだから、それは私の心のもちようによるものだろうと思われた。

仕事のつき合いで飲まされたコップ一杯のビールでべろんべろんに酔っ払った父が、ソファーまでたどり着けずにリビングの床で転がっている様を見ても、さほど嫌な気持ちにならなかった。衣服を緩《ゆる》めたり、お水を飲ませたり、冷水を絞《しぼ》ったタオルを顔にあてがってやったりする母を見て、「美しい」なんて感動しているのだ、私が。

もやってる病から一転、今度はふわふわ病にかかってしまったらしい。

ふわふわ、ふわふわ。

気持ちが浮いているから、細かいことに気づくことがない。

だから、もちろん知らなかった。

私が碧の家に初めて行った日、妹のメグムがホーンテッドマンションの住人からとんでもない宿題を出されていた、なんてことは。

鍵

1

翌日、私は改めて碧《みどり》の家を訪ねた。

フーコさんの予告通り、碧はもうすっかり元気。上下不揃《ぞろ》いのパジャマの代わりに、グレーのロンTと青い塗料でいたずら描きされたみたいな模様がプリントされているホワイトデニムを着ていた。今朝早く目覚めて、昨日私が買っていったヨーグルトとゼリーを続けて胃袋に流し込んだという話だ。

フーコさんお手製のサクランボのクラフティをご馳走になりながら、改めて碧のフォトアルバムを見せてもらった。

一人っ子、ということもあるだろうけれど、赤ちゃんの時の写真は結構な量があった。私も両親の最初の子だから多いほうだと思っていたが、優にその三倍はある。お母さんが女優ということで、真朱藤子《まそおふじこ》さんの知り合いの写真家さんが撮ったという本格的な写真も何枚かあった。

そしてある時期から、側《そば》に茶色の柴犬が写っている写真が増える。それは、中学の卒業式の日の写真までずっと続く。中三の春休み、チャイは病気でこの世を去った。フーコさんの話では、碧は涙が涸《か》れるのではないかというくらい泣き明かしたという。

チャイの写真がアルバムから消え、それと入れ違いに、私の写真が登場する。

双子みたい、とクラスメイトたちにからかわれながら、私と碧はそれは無邪気に笑っている。

「ありがとね、カスミちゃん」

フーコさんはほほえんだ。私は何に対してお礼を言われたのか聞き返すことはなく、ただ首を横に振った。私のほうこそ、碧がいてくれたことでどれだけ助けられたことか。

「そうだ、今度この店行かない？」

私は、先日一人でふらふら街を歩いていた時にもらったチラシを碧に差し出した。

「以前中華料理屋だった場所にオープンしてた」

「エスニック料理？」

ちょっと顔をしかめたのは、例の合コンで使った店を思い出したのだろう。

「でもこの店はリーズナブル」

「行く」

碧はすぐに同意した。そう来なくちゃ。私たちはハイタッチして笑った。

私たちはやっぱり気が合う親友で、ちょっともやもやしちゃったこともあったけれど、ちゃんと元に戻った。これからも、きっとこの関係は続いていくのだ。

めでたしめでたし。

昨日に引き続き、私は上機嫌で帰路《きろ》についた。今回ばかりは、お祖母《ばあ》ちゃんの勘《かん》も外れだね。恋なんて。何言ってるんだろう。

マンションのエントランスに入ったところで、目の前を自転車に乗ったメグムが走り去っていった。

「どこに行くんだか」

あんなに急いで。すごいスピードだったから、声をかける暇《ひま》もなかった。

家の鍵《かぎ》は締まっていた。

「ああ、お母さんまだ帰ってないんだ」

今朝、どこかから電話がかかってきて、「友達とランチに行くことになったから」と言ってたっけ。

バッグからキーケースを出して、鍵穴に鍵を差し込んだらガチャリと回す。引き抜いた鍵をしまいながらドアを開けると、

「おかえり」

「わっ、びっくりした」

そこにキリが立っていた。

「メグムちゃんが出かけてね」

「うん、自転車乗って出ていくのを見た」

「鍵かけておいたんだけど、ちょっと音が聞こえると心配になっちゃって」

「なるほど」

集合住宅だから、そんなに進入経路はない。我が家は三階だし、お隣さんが留守じゃなければベランダから入ってくるのはなかなか難しそうだ。だから一人残されたキリは、玄関ドアの見える位置でスタンバっていたのだろう。ドアを開けて泥棒が入ってきても助けを呼べるように、電話の子機を手にしているところがいじらしい。

いつだったか、こんなに怖がりさんのおチビにオバケの話なんかして怯《おび》えさせて悪かったな、と今更ながら反省した。

こんな意地悪な姉でもいないよりはましのようで、キリはちょっと距離を置いてだけれど、私について歩く。着替えるために子供部屋に向かう時も、うがい手洗いをしようと洗面所に行った時も。

「そういえば、メグムどこ行ったの？」

私は、テレビのスイッチを入れているキリの後ろ姿に尋《たず》ねた。

「あと、お母さんから電話とかあった？」

キリは、二つの質問を一つの答えにして言った。

「お母さんから電話があったから、メグムちゃんがバス停まで迎えに行ったの」

「どうして？　大荷物にでもなったから迎えに来て、って言ったの？」

「知らない」

おい、聞かなかったのかよ、っと突っ込みかけたが、「でも」と続いたので引っ込めた。

「メグムちゃん、お母さんに何か話があるんじゃないかな」

「どういうこと？」

「お留守番している間、すごくいい子してたから」

お風呂掃除でしょ、冷蔵庫に氷作るお水を入れてたでしょ、来てた手紙を分けたでしょ、燃えるゴミをゴミ捨て場まで持っていったでしょ、と指折りながらキリが言う。確かに、家のお手伝いをずいぶんがんばったみたいだ。

「ふーむ」

点数稼ぎ、か？　買ってほしい物でもあるのだろうか。

あのメグムが、何を欲しがっているのか、私は無性に気になった。

程なく、母とメグムが帰ってきた。メグムには、私が帰っていたのは予想外だったらしい。

「すれ違わなかった、けど」

「私は見たわよ。メグムが自転車飛ばして出ていくところ」

私は母から魚屋さんのレジ袋を受け取り、中を覗《のぞ》いた。

「お、お刺身《さしみ》の盛り合わせ。今日何かの日?」

そういえば、母はデパートの紙袋に入ったお菓子みたいな箱も持ち帰った。これは、買ってきたのかもらってきたのか。

「夕飯作りに時間かけられそうもないから、買ってきただけよ。悪いけどカスミ、サラダ作ってくれない?」

「どんなサラダ?」

「千切《ちぎ》ったレタスと缶詰のコーンを、ドレッシングで和《あ》えるだけでいいから」

「オッケー」

メグムがあれだけお手伝いしたんだから、それくらいのことはいたしましょう。さっそく、冷蔵庫の野菜室を開けてレタスを取り出す。表面にイボイボがついた濃い緑色の棒状の野菜と目が合ったので、ついでに摘《つ》まみ上げた。

「キュウリもつけるか」

ここで逢《あ》ったが百年目。おとなしく私の包丁にかかるがいい。

「キリも手伝うー」

「よしよし。じゃ、まず手を洗おっか」

キッチンに掛けてあったエプロンを、キリにつけてやる。一人でやったほうが早いけれど、私も昔は母に手伝わせてもらったから。

「で、お父さんが帰ってきたら三人で先に食べちゃってて」

母の指は三本立っている。

「三人って？」

娘三人は同時に声を発した。「サラダ作って」以降私に向けられてしゃべっていたように見えたから、一人は私、そして「帰ってきたお父さん」が二人目、あと一人は誰だ、って話だ。

「お母さんとメグムは、これから出かけるから」

不思議なことに、三人の中でメグムが一番驚いた顔をしていた。

「どこに出かけるの？」

私の質問に返ってきた答えは、というと。

「白墨邸《はくぼくてい》」

「えっ」

メグムが叫ぶ。

この子、本当に何も聞かされていないらしい。白墨邸といったら、ホーンテッドマンションのことだ。でも、メグムには今日これから行くことは知らなくても、そこに行く理由に心当たりはあるはずだった。

「理由聞いていい？」

私は、母に向き合った。

「長くなるから帰ってからね」

「わかった」

ここは、おとなしく引き下がった。

「あとででも、教えてくれるならいいよ」

母の顔がいつもと違って見えたから。笑みを作っても、なめらかじゃない。緊張している人、みたいなのだ。

「どうせ、お父さんにも説明するから。その時一緒に聞いてちょうだい」

母は菓子折の入った紙袋を手に引っ掛けて、「行くよ」とメグムの腕を摑《つか》んだ。

「えっ、お父さんも知らないことなの？」

それは予想外だったから、私は驚いて出かける二人を玄関まで追いかけた。

「何しに行くか知らないけれど、お父さんに相談しないで決めていいの？」

「いいのよ」

母はきっぱりと言いきった。

「これはメグムというより、むしろお母さんの問題なんだから」

はあっ？

さっぱり想像もつかなかった。

2

「ねえ、キリ。どういうことだと思う？」

私はレタスをむきながら尋ねた。

「何が？」

「お母さんとメグム、どうしてホーンテッドマンションに行ったのかなぁ」

話し相手が小三では心許《こころもと》ないが、今は自宅に二人しかいないのだから、致し方ない。

缶詰の蓋《ふた》と格闘しながら、キリは言った。

「ホーンテッドマンション？　はくぼくていって言ってたよ？」

「その白墨邸がホーンテッドマンションなんだってば」

わかってないな。私はキリから缶詰を取り上げ、パッカーンと開けた。

「どうして、ホーンテッドマンションにお母さんとメグムちゃんが行くの？」

「それを聞いてるんじゃない」

いい年して肝試《きもだめ》しでもあるまいしなぁ。レタスに戻って、洗って千切る。

(じゃあ、どういうことならあり得るか)

たとえば、私がもやってる病にかかって感度が悪くなっている時に、メグムとアルトの二人が急接近して、もう二進《にっち》も三進《さっち》もいかない状況にまで発展して、……あれ、二進も三進もって何だ？　妊娠とか？　いやいや、メグムに限ってそんなことにはならないだろう。

理由はともかく結婚話が持ち上がったとしても、母親と娘が菓子折持って挨拶《あいさつ》に行くっていうのは変だ。その前に、高一の娘に手を出しやがって、と父親が殴り込みをかけないと。

それに、「お母さんの問題」と言いきったのだから、この一件では母が当事者なわけだ。

えっと、何だっけ。確か、母ももやってる病に似た症状が出たことがあった。あの時は、宇宙人に匹敵《ひってき》するような誰かに遭遇《そうぐう》しておかしくなった、という話だ。

その宇宙人って何者だろう。もしかして、母の昔の恋人？　それがアリマサ？　じゃ、メグムだけ連れていったのは？　えーっ、メグムだけアリマサの子供だとか？　いや、メグム以上に、我が母に限って、不倫とかそういうことは絶対しないだろうと思われた。

母には聞き分けよく見せたが、本当は気になって仕方ない。あれこれ悶々《もんもん》と考えながら手を動かしているうちに、頼まれてもいなかった味噌汁《みそしる》までできあがってしまった。あれやらせて、これやらせてとまとわりついていたキリに気づかずに結構一人で作ってしまったので、最後はお尻を蹴《け》られてしまった。

父が帰宅したので、ご飯をチンして味噌汁をよそった。サラダと刺身は五等分して、まだ帰宅していない二人分だけ冷蔵庫にしまった。

「お母さんは？」

食卓に三人分の夕飯しか載っていないのを見て、そこでやっと父が気づいた。どうやら、キッチンに立つ私の姿を母だと思い込んでいたらしい。

「ちょっとご近所に」

「ご近所？　何しに？」

「聞いたけど、帰ったら言うって。お父さんにも」

教えてあげたいのは山々だが、私だって知らないのだ。ただ、「ご近所」がホーンテッドマンションと呼ばれているあの家であることはまずは伏せた。熱いお風呂にはいきなり入ってはいけません。徐々に慣らしていかなくちゃ。突然オバケ屋敷《やしき》に行ったなんて聞かされたら、お父さんの心臓爆発しちゃうかもしれない。

「何だろうな」

父は腑《ふ》に落ちない顔をしたものの、すぐに戻るのだろうと気を取り直しておとなしく晩ご飯を食べた。甘いな。そもそもすぐに戻るのなら、「三人で先に食べちゃってて」と言い残して出かけたりしないのだ。

一時間も二時間も帰らないとなると、さすがに温和な父も騒ぎ出した。

「近所ってどこだ。それも聞かずに送り出したのか、カスミ」

とんだとばっちりだ。

「確か、ヤナギハラさん、って」

あれ、ヤナギサワだっけ？　どっちだか忘れちゃったが、確かメグムがそんな苗字《みょうじ》を口にしていた。

「最近引っ越してきたらしいから、私も顔とか知らないんだけれど」

「ホーンテッドマンションだよ」

「ホーンテッドマンション？　遊園地のアトラクションの？」

「違う、はくぼくていの」

「はくぼくていのホーンテッドマンションって一体なんだ、カスミ」

ほら。キリが余計なことを言うから、グジャグジャに絡まっちゃったじゃない。

「それはですね」

私は、知っていることを一切合切《いっさいがっさい》吐き出さなくてはならなくなった。メグムが帽子《ぼうし》をとってもらって親しくなったらしいこと、少なくともその家にはヤナギハラアリマサとアルトという二人の男性が住んでいるということ。二人の関係は知らないけれど、メグムの話では全然似ていないということ。そして、母が自分の問題である、と言っていたことも。

メグムがアルトに恋心を抱いているかもしれないという情報は、余計なので削除した。アリマサとアルトが恋人同士ではないか、という私の推理も、裏がとれていないわけだから口にしない。

「ほら、あの家」

私は父をベランダに連れ出して、鬱蒼《うっそう》とした森の中に建つような白墨邸を指さした。辺りが暗くなって、屋根の黒も壁の白もよくわからなくなっていた。庭木の枝葉の間から、チラチラと光が見えているのは窓から漏《も》れる灯《あか》りだろうか。

白い壁と黒い屋根だから白墨邸。

メグムに白墨邸という名を聞いたあと、すぐに調べた。そこは、洋画家白林墨夫《しらばやしすみお》が建てた家だった。

美大に通っている人間である以上、常識として白林墨夫という名も代表的な絵も知っているが、まさかこんなに近くに住んでいたとは思いも寄らなかった。恥ずかしながら、去年まで生きていたことをネットで知った。近年は作品も発表していなかったようだし、話題にも上らないし、もうずーっと過去の人という気がしていたのだ。

「あそこに、お母さんとメグムが」

絞《しぼ》り出すみたいに、父がつぶやく。その言い方、まるで立て籠《こ》もり犯に肉親を人質にとられている人の台詞《せりふ》、みたいなんですけれど。

「お母さんに電話する」

ベランダからリビングへ戻り、寝室へ行って自分の携帯電話を手に戻ってくる父。

「ちょっと」

追いかけて、それを止める私。

何も知らされずに妻と娘が知らない家に出かけちゃって不安な気持ちはわかるけれど、二人は拉致《らち》されたのでも巻き込まれたのでもなく、自《みずか》ら訪ねていったわけだから。もう少し信頼して待ったっていいじゃない。

「どんな用件かは知らないけれど、菓子折持って行ったんだよ。真面目《まじめ》な話している時、電話なんて気が散っちゃう」

「わかった。じゃ、メールか。メールをすればいいんだな」

「はあっ？」

すぐ応答する必要はないかもしれないが、邪魔《じゃま》される点については同じだ。しかし、父はいつも母に送っている要領で素早く親指を動かしてメールの本文を打つと、さっさと送信してしまった。相当短い文章だったに違いない。たとえば、家に電話するように、とかそういう指示。

しかし。

ブー、ブー、ブー。

無情にも、数秒後にマナーモードの振動を感知したのは我々だった。

「ここにあるけど」

キリが、母の置いていったバッグの中から母の携帯電話を摘まみ上げた。

「……こういう、ちょっとヌケたところが、渚《なぎさ》には昔からあるんだよな」

その場でしゃがみ込んで、霜市《そういち》さんは頭を抱えた。

3

母とメグムが戻ってきたのは、午後九時少し前だった。

あと少し帰りが遅かったら、間違いなく父は白墨邸に乗り込んでいったに違いない。もしそのような事態になってしまったら、私とキリはどうするのが正解だったのだろう。一緒に討ち入りするべきか、それとも家に残って留守番なのか。

さて、無事帰宅したあとは「長くなるから帰ってからね」の披露《ひろう》が待っていたわけだが、その内容を聞いて、我々待っていた者たちはあごが外れそうなくらい驚いた。

白墨邸に現在住んでいる柳原有雅《やなぎはらありまさ》なる人物は、母の実の父親である、というのだ。つまり、私たち姉妹にとってはお祖父《じい》ちゃんということになる。母が高校時代に、有雅さんとお祖母《ばあ》ちゃんは離婚して、それ以来一度も会っていなかったのだが、先日の引っ越しで奇《く》しくも生き別れの父娘はご近所に住むこととなった。母はスーパーで実の父を見かけてしばらく悩んだ末に、本日意を決して会いに行った、というわけだった。

「えーっ」

ちなみに有雅さん、私とは別の美大で教授をやっていて、その上白林墨夫の娘と再婚していたというから驚きだ。アルトは、その再婚相手の産んだ子供だから、母とは姉弟《きょうだい》の関係になる。今後は親戚《しんせき》づき合いすることになったと話がまとまった、らしい。アルトの母親はもうずいぶん前に亡くなった、という話だ。

父は三年前に亡くなった陽造《ようぞう》お祖父ちゃんがお祖母ちゃんの再婚相手だって知っていたらしいが、私は初耳だった。

だから、突然新たなる「お祖父ちゃん」と「叔父《おじ》さん」を差し出されて今度から仲良くしなさいと言われたって困惑してしまう。メグムは二人と会って話をした仲かもしれないけれど、私は顔すら見たことがないのだ。

私でこれなのだから、キリの混乱っぷりは想像に難《かた》くないだろう。亡くなったお祖父ちゃんが二人、今回生きているお祖父ちゃんが一人増えて計三人。でも、お祖母ちゃんの数は増えない。指を折って悩んでいる。

「小三ってこの程度のレベルか」

可愛《かわい》いなぁ、と笑いながら、私は母とメグムが夕飯を食べ終えた皿を持ってキッチンに向かった。まだ残っていたお箸《はし》やお茶碗なんかをお盆に載せて、メグムがあとからついてくる。

「ホーンテッドマンションはお祖父ちゃんの家なら、メグムちゃんと一緒にキリも行っていい？」

そんな声が、ダイニングから聞こえてくる。

そうだった。なぜ、母が白墨邸に行くのにメグムを連れていったのか、については、こういうことだ。

風に飛ばされた帽子がご縁で柳原父子《おやこ》とお近づきになったメグムは、ちゃっかり彼らに、ホーンテッドマンションのアトリエで鉛筆デッサンの練習をさせてほしいと頼んでいた。親の許可をとってくるよう言われて母に打ち明けたことで、母の有雅さんに会うという決心が固まったらしい。

「メグムは勉強に行くんだから、邪魔しちゃだめよ」

ここまで来るのにいろいろ葛藤《かっとう》もあったろうけれど、今の母の声は穏《おだ》やかだ。

「えーっ」

「でも今度、みんなでご挨拶する機会を作るから、その時にでもお祖父ちゃんの家にお邪魔させてもらいましょう」

「やった」

キリのはしゃぎ声を聞きながら、顔合わせの会みたいなものをやることを知った。ふーん。一同、いったいどんな顔をして会うんだろう。

お皿を食洗機に入れながら、私は横にいたメグムに尋ねた。

「有雅さんってどんな人？」

「やさしい感じの紳士《しんし》、――って感じの人かな」

メグムは好印象をもっているわけだ。

「へー。やさしい紳士が、女作って出ていったんだ。お祖母ちゃんとお母さんを捨てて」

お祖母ちゃんと別れてすぐにアルトの母親と再婚したようだから、離婚原因は有雅祖父さんの浮気と考えるのが順当だろう。二十年以上経ってるから、もう許してやれっていうの？　自ら家庭を崩壊させた男に、親戚の温かさを与えてやれっていうの？　なんか、割り切れないものがある。

「しかし、参ったね」

私のつぶやきに、メグムはむっとしたように「何が」と聞き返した。

「血のつながった祖父さんが絵を描く人だったんじゃ、さ。私もメグムも降参するしかない」

今の今まで怒っていたはずなのに、いつの間にか私は笑っていた。

「絵を描きたいって欲求は自分発だと、今まで信じていたのに。今後は、血は争えないって言われるんだよ」

姉妹で、「自分が先に絵の道を志《こころざ》した」なんてちっちゃいことで争っている場合じゃない。

メグムだって、鉛筆デッサンを始めようとしているのだったら、本格的に美大受験を考え出したということだろう。

ならば覚悟を決めて、突き進むしかないのだ。

絵の道を。

前へ。

眠れる森の友

1

高校が夏休みの間、メグムは白墨邸《はくぼくてい》に通ってデッサンの練習を始めた。

白林墨夫《しらばやしすみお》が残したアトリエには、高校の美術室みたいにデッサン用の石膏像《せっこう》がたくさん置いてあったから、いくらでも描いていいと許可されたようだ。ただし、美大教授の祖父や美大受験予備校講師をしているという有斗《あると》（漢字が判明！）の指導はついていない。

しかし。両親は、ついこの間まで絶縁状態だった柳原父子《やなぎはらおやこ》をよほど信頼しているらしい。

まあ、先日竜田《たった》家・柳原家のお食事会で会った二人の印象は、確かに悪くはなかったけれど。メグムが有斗に恋心を抱いていると知っていたら、それでも白墨邸に自由に出入りさせるだろうか。知らないから、野放しにしているんだろう。

私はというと、碧《みどり》とこれまで通り仲良しこよしとなるはずだったのに、何だかうまくいっていない。以前よりも距離が縮まったという実感があるものの、その分接し方がわからなくなってしまったのだ。

そう感じているのは、私だけなのだろうか。

ある日、私たちは待ち合わせて街をブラブラと歩いていた。例のチラシをもらったエスニック料理の店で夕飯を食べる予定で、その前にショッピングしよう、って。このところ二人でお出かけをしていなかったから、私はすごく楽しみにしていた。一人で遊んでつまらなかったから、碧とのこういう時間にすごく飢《う》えていたのだろう。

　私たちは、アイスクリーム屋でダブルのアイスクリームを食べたり、文房具屋さんでマスキングテープを選んだり、画材屋さんでもうじきなくなりそうな色のポスターカラーや練《ね》り消しゴムを買ったりした。そうして、あとは夕飯の時間までひたすら洋服屋さん巡りをするのだ。

　ウィンドウショッピングして、気になる服は試着して。買っても買わなくても、碧と二人で「似合う」「似合わない」と見て回るだけで楽しかった。

　今までは。

　そろそろ夕飯の時間も近づいてきたので、この日最後と決めて入ったセレクトショップで、ちょっとした事件が起こった。

　事件というのは大げさか。私が碧にキレた、が正解。

　ウィンドウに飾ってあったスカートに、私は一目惚れした。それはレモンイエローの巻きスカートで、裾《すそ》にオレンジ色と白と草色と茶色を使って大柄な花模様が描かれていた。

「きれいなスカートだね」

碧も気に入り、「試着させてもらいなよ」と勧めた。店員さんにハンガーを外してもらったスカートを抱いて、私はわくわくしながらフィッティングルームに入った。が、ものの三分もしないうちに花が萎《しお》れるみたいに肩を落とした。

扉を開けて出てきた私を見て、碧も店員さんも「あらら」といった顔をした。そりゃそうだろう。二人に見せる前、鏡に映った自分の姿に、私だって「あらら」と思ったのだから。

マネキンが着ていた時にはすごくお洒落《しゃれ》に見えたのに、私が着た途端ださださになってしまっていた。店員さんが歩み寄って言う。

「少し、お丈が長過ぎましたか」

というより、私の背が低過ぎたんですよ。裾の下から出る足の長さで、こんなに服のもつ雰囲気《ふんいき》が変わるものとは思わなかった。

「お直しできますよ」

「でも、そうしたら裾の模様が」

「裾を切るのではなく、上を詰める方法で」

こんな感じで、とウエスト部分を折り返してイメージしやすくしてくれる。それで裾の模様は無傷で残せるわけだが、このスカートの良さが消えてしまった。上に何も描かれていない空間があるから裾の模様が生きていたのだ。総柄になってしまっては、魅力半減《みりょく》なのだ。

「諦《あきら》めます」

私はフィッティングルームに戻って元着ていたジーンズに着替えると、試着したスカートを返した。

「じゃ、アシが着てみてもいい？」

まだ私の体温が残っているスカートを取り上げた碧は、その場でジーンズの上からクルクルと巻いた。

「お」

なかなかいい感じ、と鏡に横や後ろを映して確認する。店員さんも、たぶんお世辞《せじ》抜きで「お似合いですよ」と言っている。

私が口を挟む間もなく、碧は「これください」とレジに持っていき、値札を外してもらっている。そしてフィッティングルームで本格的に着替えると、脱いだジーンズをショップの紙袋に入れてもらって店を出た。

私が欲しかったスカートが、碧の物になってしまった。

でも、膝《ひざ》下丈から細くて長い足を出して颯爽《さっそう》と歩くと、裾の模様もしなやかに揺れてきれいだった。スカートも、碧みたいな子に穿《は》いてもらってきっと幸せだろう。

でも、何だろう面白くないのは。

碧が横取りしたわけではない。私がやめたから買ったのだ。どこも間違っていない。

なのに、どうしてか許せない。

もやもやするのは、お腹《なか》が空《す》いているせいかもしれない。エスニック料理で腹を満たせば、きっと気分も晴れるに違いない。気を取り直して歩き出した時、私たちを呼び止める男がいた。

「ちょっといいですか」

いや、違った。呼び止められたのは碧だけだ。私など、眼中にない。

「僕、こういう者なんですけれど」

差し出された名刺には、大手モデル事務所の文字が印刷されていた。

「背が高いですね。何センチ？」

これは、間違いなく世に聞く「スカウト」っていうやつだろう。

「別に何センチだっていいでしょ」

碧は、一度受け取った名刺を素っ気なく返した。でもスカウトマンは、そんなことくらいでめげたりしない。

「モデルの仕事とか、興味ない?」

「全然ありません。さ、行こっ」

碧は、私に声をかけて歩き出した。とりつく島がない、とは正にこういうことを言うのだろう。話をもう少し聞いてあげてもいいのに、と、スカウトマンが気の毒になっちゃうほどだ。

「ねえ、君」

碧の肩に手がかかる。

「しつけーな」

振り返りざまに、碧はどすの利いた声を発した。スカウトマンがひるんだ隙《すき》を突いて、私の手を取り走り出した。

人波をかいくぐる。

ビルの角を曲がる。

また、走る。

細い路地に入って、私たちはやっと足を止めた。二人とも肩で息をしていた。心臓がバクバク高鳴っている。

「こ……ここまで来れば……さすがに」

碧の予想通り、スカウトマンは追いかけてこなかった。私は声を出せなくて、ただ碧の顔を見つめてうなずいた。

日頃はどちらかというと「静」の碧が、額や首筋を汗で濡《ぬ》らしている。荒い息づかい。顔もいつもとちょっと違って見える。

だったら私は？

私は、いったいどんな顔をしているのだろう。

「さ、エスニックのお店に行こ」

碧が、いつもの碧の顔に戻って笑う。

そうじゃないだろう、って。今、言うべき台詞《せりふ》はそれじゃないだろう、って。でも、だったら一つ前の「」《かぎかっこ》の中に何を入れたら正しいのか、私には模範《もはん》解答例を導き出すことができなかった。

「……行かない」

「え？　だって、カスミ」

「行かない、って言ったら行かない！　今日はキャンセル！　バイバイっ！」

私は二人が隠れた狭い路地から大通りに出て、大股でどんどん歩いていった。駅が近づいてくる分だけ、エスニック料理が遠くなっていく。

「カスミ、どうしたの」

突然怒り出した私に、碧が後ろから尋《たず》ねてくる。足の長さが違うから、すぐに追いつかれてしまうわけだ。

「ついてくるな」

「そんなこと言っても。途中まで同じ電車だし」

困惑の表情を浮かべる碧は、私の気持ちなんかわかっていない。

私の着たかったスカートを穿いている碧が嫌だった。

背の高い碧がムカついた。

モデル事務所にスカウトされて、浮かれもしないで振り切っちゃうところも気にくわない。

私がどきどきしているのに、平気でいる碧に腹が立つ。

私は、碧と今まで通り仲のいい友達でいたいと願っていた。けれど、このままの関係でいることに限界も感じている。

碧の存在が、私を苦しめる。

どうでもいい人間なら、こんなにつらくはない。好きだから、ずっと側《そば》にいたいから苦しいのだ。

私たちは同じ電車に乗り、少し離れた空いている席にそれぞれ収まった。もう私は、途中下車してカラオケに行こう、とは誘わなかった。二人が並んで座れる空きスペースができても、私たちはどちらも移動しようとはしなかった。碧は電車を降りる時、ほんの少し私の顔を見た。

「じゃ」

私も、頭を小さく上下させてそれに応《こた》えた。

2

電車を降りてホームを歩いている時、今から家に帰ったところで私の夕飯はないということに気づいた。駅前にある持ち帰り専門のお寿司屋さんで助六寿司《すけろくずし》を買って、バスに乗り込む。腹は立っていても、お腹は普通に空くのだ。

明るく「碧とエスニック料理を食べに行くんだー」なんて出かけた手前、自《みずか》らキャンセルして、買ってきた寿司を家で食べている姿をできるだけ晒《さら》したくなくて、ダイニングテーブルではなく子供部屋の自分の机で食べることにした。ここなら、あるのはメグムの目だけだ。空気が読めなくて何かと面倒くさいキリは、好都合にも地域のキャンプに行っている。

いずれバレるにしても、今は親にいろいろ説明したくなかった。年の近い姉妹のせいだろうか、メグムならいいや、という気になった。

お寿司屋さんの紙箱の蓋《ふた》を開けると、酢飯のツーンとした香りが鼻に届いた。

「碧さんとショッピングして、新しくできたエスニックのお店でご飯食べてくるんじゃなかったっけ」

メグムが不思議そうに尋ねる。

「ケンカした」

私は結構大きな太巻きを割り箸《ばし》で摘《つ》まむと、一口で平らげた。

「碧さんと？　へー。珍しい」

メグムは、私と碧の関係を自分と親友の萌子《もえこ》ちゃんに重ねているのだろう。でも、それはまったく違う。

「食べる？」

私は、箱の中にある寿司を指差した。

「うん」

メグムの口に投入したお稲荷《いなり》さんは、まあ口止め料というところだ。

「ごちそうさま」

合掌《がっしょう》して私のベッドに腰掛けるメグムに、私は話しかけた。

「メグム、碧と会ったことあったっけ？」

「写真で見ただけ」

どんな写真か聞くと、私と碧の高校時代のものだった。教室で撮った、バストアップのツーショットスナップ。たぶん、碧がチャイの写真の横に飾ってくれていた、あの写真のことだろう。

気が向いたので、メグムに今日のことを話してみた。私が試着して諦めたスカートを碧が買って、それを着て歩いていたら道でモデル事務所の人にスカウトされて、断ったらすぐにエスニック料理の店に行こうと笑った、と。まあ、大雑把《おおざっぱ》に言えばそんな感じ。

思った通り、メグムのジャッジは私に厳しかった。常識的、とも言い換えられる。私だって、これを第三者の話として聞かされたら、「我が儘《わがまま》な女だ」と私のことを批判することだろう。

でも、それは表面に出ている部分だけしか見えていないからだ。けれど私は、私の内側にあるもやもやとしたものの正体をうまく口にして説明することができない。だから、誰かに的確なアドバイスを求めることが難しい。

私は最後のお稲荷さんを口に入れ、空箱を雑巾絞《ぞうきんしぼ》りの要領でギュッと捻《ひね》った。

「有雅祖父《ありまさじい》さんのせいだ」

ククククク、と紙箱がたてる音は、まるで笑っているよう。

「どうして」

メグムはクールビューティーの顔を崩してアホ面になった。どうして、ここで有雅お祖父ちゃんが出てくるのだ、と。それは、言った私だってわからない。ただ、お祖父ちゃんの顔が突然頭に浮かんじゃったから、口をついて出ただけのことだ。

「私、お母さんが身長低いの、ずっと謎だったのよ。陽造《ようぞう》お祖父ちゃんはそんなに背が低くなかったじゃない。永子《ながこ》お祖母《ばあ》ちゃんだって、昔の人にしてはまあまあよ。最近になって有雅さんの存在を知って、実際見て、納得したよ。有雅さんがホビット族出身だったんだよー」

支離滅裂《しりめつれつ》だ。潰《つぶ》れた紙箱を勢いよくゴミ箱に投げ捨てたところで、すっきりなんてしない。私は机に突っ伏した。

ああ。誰かのせいにしてしまえたら、どんなに楽だろう。

「有斗、テメー身長十センチ削って私に寄越せっ」

あのスカートを買えたとしても、いったいそれで何になる。

お稲荷さん一個で、高一からアドバイスをもらおうったって無理な話だった。

そうだ。

私は、相談する相手を間違っていた。

3

翌日、私は睦美《むつみ》に電話をした。

メールでは伝えきれないので、話をしたい。できれば、直接顔を見て話せたら、と思った。

午前十時過ぎ。

さほど迷惑でない時間、と当たりをつけてかけた。もし留守電になっていたら、「相談したいことがあるから会いたい」とメッセージを残すつもりだった。

(一回、二回、三回)

私のスマホから、呼び出し音がプルルルと聞こえてくる。

(四回、五回、六回)

何回コールしたら、留守番電話に切り替わるだろうか。そんなことを考えはじめた時、応答があった。

『……はい』

消え入りそうな声。

「睦美、ごめん。寝てた？」

『うん』

睦美は、大学進学と同時にワンルームマンションで一人暮らしを始めた。側にうるさく注意する親がいないと、夜更かししたり朝寝坊したりするものかもしれない。

「かけ直す」

『いいよ。どうした？』

目が覚めてきたのか、声が段々はっきりしてくる。

「……あの」

睡眠を邪魔《じゃま》した上に頼み事なわけだから、口籠《ご》もってしまうが、せっかくつながったのだから意を決して口を開く。

「ちょっと相談に乗ってほしいことがあって。都合がいい日があったら、会って聞いてもらいたいんだ」

『わかった』

睦美は快諾《かいだく》してくれた。

『実は、私も話があったから、今日あたり電話しようと思ってたんだ』

「ホント?」

それだったら、ちょうどよかった。睦美の「話」の内容はまったく見当つかなかったけれど、それは会ってから聞くとして。

『じゃ、ね。明日の昼過ぎ、高校で、どう?』

「高校って? 母校ってこと?」

『そうだよ。私らの思い出の場所』

その時、電話の向こうから微《かす》かに『誰?』と睦美以外の声が聞こえた。

『友達』

睦美がその人に答える。相手は男の人の声みたいだった。

「悪い、お客さまだった?」

『お客さまっていうか』

ふふふ、と濁《にご》される。

「あ」

恋人か、とそこで気づいた。私は、本当にヌケ作だ。

「失礼しました。それじゃ明日」

早口でそう告げると、逃げるみたいに電話を切った。

4

「ごめん、カスミ。あんたね、相談する相手を間違ってるよ」

翌日、睦美は私の話を聞いて声を上げて笑った。

「私の意見なんて聞いたら、碧とは絶交しなさい、って言うに決まっているじゃない」

久しぶりに訪ねた母校は、夏休みというのに校舎内に生徒の姿がたくさんあった。部活、補習、自習、講習、勉強会。私たちもこんなに真面目《まじめ》に学業に取り組んだ時代があったわけだ、と懐かしく思い出す。

私たちはメールで待ち合わせ場所を校門に決めて、十二時ちょうどに落ち合った。私が先に来ていたと思ったら、睦美はもっと前に着いていて、すでにぐるりと校庭を一回りしてきたということだった。空いている教室なんて探せないかもよ、と言ってつばの広い帽子の下、額にかいた汗を拭《ぬぐ》った。

取りあえず、校舎に寄り添うように植えられているクヌギの木陰《こかげ》で涼をとることになった。ここからはグラウンドがよく見えて、陸上部の男子が十名ほどトラックを走っていた。

「私はね」

睦美は言葉を紡《つむ》いだ。

「いつかカスミが碧との関係に悩むだろう、って、ずっと心配してた」

マジで？

「碧ってあんな形《なり》じゃない？　高校時代は女の子みたいだったけれど、今は背が伸びて男の子に見えなくもないけどさ。大体、あの子の恋愛対象ってどっちなの？　男？　女？」

「聞いたことないけれど」

私と碧の間では、恋バナは一切交わされることがなかった。若者が集まる場所ならばそこら中に飛び交っていそうな話題を、二人はまるでタブーのように避けて、最初から存在しないものとして扱った。

「カスミが碧ともう少し距離を置けるように、って合コンをセッティングしたんだけどな」

それを碧に邪魔されたわけだから、と睦美は苦笑した。

「でも、邪魔されてよかったのかもしれない」

蟬《せみ》の鳴き声が響く。青空には、綿菓子を千切《ちぎ》ったような雲。

「昨日、カスミが電話くれた時、私どこにいたと思う？」

何の脈略もなく、睦美がクイズの出題者になる。そう聞くからには、睦美の家じゃない、ってことだろう。

私はあまりこの手のクイズに参加したくはなかったけれど、黙っていては話が進まないのだろうと思い、仕方なく「恋人の家、とか」と解答した。こういう場合、外したほうが出題者は気持ちよく話せるものだ。睦美も満足そうに目を細めた。

「ホテルのベッドの中にいたの。本村《もとむら》さんと」

「本村さん？」

誰だっけ、その苗字《みょうじ》、どこかで聞いたことがあるような――。

「そうか、カスミに忘れられていたんじゃ彼も気の毒だわ」

「もしかして、合コンの？」

徐々に思い出してきた。確か、「送っていく」と言ってくれた男性。

「そうよ。カスミに気があるみたいだった、あの本村さん」

わかった。本村さんが誰かは思い出したけれど。

「……どういうこと？」

本村さんが睦美の恋人だった、ということだろうか。いや、でも合コンの席でそんな風には見えなかった。そもそも睦美の彼は別にいて、合コンのメンバーを集めてくれた、という話だったはず。それじゃ、睦美はその彼と別れて本村さんとつき合うことになったのか。

「本村さんだけじゃない。私、あの場にいた男性メンバー全員と寝たから」

その告白の瞬間、私の耳はうるさい蟬の声や部活のかけ声なんかが一切消えて、睦美の声だけ妙にハッキリ捉えた。

「どうして」

私にはわからなかった。睦美がなぜそんなことをしなければならなかったのか、が。

「誠実な男を見つけるためよ。私が誘っても落ちなければ合格。この男いいぞ、ってカスミに推薦《すいせん》しようと思った」

どうして、ここで私が出てくるのだ。私、関係ないだろう。

「でも、だめだなぁ。全員不合格だった。私の負けだ」

首をすくめる睦美。悪びれる様子もない。だから、つい説教じみたことを言ってしまった。

「そんなことして、彼に申し訳ないと思わないの」

「彼？　どの彼のことを言ってるの？」

睦美は首を傾《かし》げた。

「いっぱいいすぎてわからないわ」

手で顔を扇《あお》ぎながら、笑って歩き出す。私はあとを追いかけた。

「ねえ、カスミ。合コンのメンバー、バラエティに富んでいたと思わない？　あれ、種明かしすると、私の五人のセフレに一人ずつ独身の友達を紹介してもらって集めたからなのよ」

「セフレ……」

「セックスフレンドのこと」

それくらい、私だって知っている。わからないのは、どうして睦美がたった一人の男性を愛することができないのか、ということだ。

「カスミが言いたいことはわかる」

校舎の出入り口付近まで来て、睦美が振り返る。

「後ろを向いていても、背中にびんびん感じるんだな。強烈なカスミの視線」

睦美は私に顔を近づけ、耳もとで囁《ささや》いた。

「教えてあげる。私、セックスは好きだけど、男は大嫌いなの」

「えっ」

身体《からだ》を離して、睦美が「そういうこと」と笑った。

「だから、しょうがないでしょ」

日差しに顔をしかめた表情が、泣いているみたいに見えたけれど、それは私の思い過ごしに決まっている。

ミーンミンミンミン、ミーンミンミンミンミン。蝉の暑苦しい大合唱の中、私は紺色のブレザーを着ていた睦美の姿を見失っていた。

「さて。負けを認めたからには、私はここで退散するわ」

睦美は私の両肩を摑《つか》んで、くるりと向きを変えた。

「カスミはこっち」

「こっち、って――」

目の前には、懐かしい高校の校舎の長い廊下《ろうか》が続いている。

「実はさっきの話、一つ訂正するところがあってね。合コンのメンバーで、一人だけ私の誘いを断った男がいたんだ。遅刻して現れた六人目」

「……それって」

「罰として、半殺しにして放置してきたから。暑さで溶ける前に救出してやってよ」

そのまま、ぽん、と肩を押された。

「む、睦美っ？」

顔を向けた時には、もう睦美は後ろ姿を見せていた。右手が、黒い大きな帽子のつばの横から現れてバイバイと手を振った。

その手の甲《こう》で、今まで彼女の唇《くちびる》についていたのと同じ、グラジオラスレッドの赤い花びらがひらりと舞った。

5

廊下をどんどん進むと、どん詰まりに階段が現れる。地下はないから、二階へつながる階段の下が三角形の空洞になっていて、そこは私たちが在校していた頃は、「すぐには使わないけれど、まだ倉庫に片づけられない物」なんかの一時置き場として使用されていた。文化祭や体育祭の小道具とか、書きかけの看板とか、余分な椅子《いす》や机とか。

今も、それは変わっていないようだ。

「……眠れる森の美女か」

三つ並べた机の上に、両手を胸の上で組んで仰向けに横たわる人がいる。伸ばすと長い脚がはみ出てしまうのだろう、お姫さまは膝を折って調整している。

私が顔を覗《のぞ》き込むと、ぱっちりと目を開けた。

「カスミ?」

「うん、そう」

碧はホッとした表情を見せてから、思い出したみたいに「睦美ちゃんは?」と怯《おび》えた。

「先帰るって。どうした? 半殺しにされたんだって?」

「腹、蹴《け》られた。ひどいよ」

「ふうん」

机のベッドからまず身を起こし、足を下ろして座った姿勢になってから、ぴょんと地に着地する碧。睦美は「半殺し」とか言っていたけれど、それほど痛めつけられてはいないようだ。ただし、このまま放ったらかしにしていたら、熱中症でダウンしていた可能性は否《いな》めない。校舎内は直射日光は当たらないが、この場所は風の通りが悪いから熱が籠《こ》もりやすい。

「歩ける?」

身体を支えてやろうと伸ばした右手をとって、碧が言った。

「カスミ」

「ん?」

「アシたち、結婚しない?」

はあっ？

「何言ってんの？」

蹴られたのはお腹《なか》じゃなくて、頭だったんじゃないか、ってマジ疑った。

「アシさ、睦美ちゃんに、性交しよう、って誘われたけど断った」

性交って、睦美。いや、ストレートに言わないと、碧に伝わらなかったのかもしれない。睦美の「セックス」にも参ったけれど。私はこういうワードにほとほと免疫がないんだなぁ、と思い知る。

「それで、考えた。今までそういうこと、全然考えたことなかったけど、考えてみた。で、結論が出たんだ。いつか誰かとすることがあるなら、相手はカスミがいい」

がんばったところで力瘤《ちからこぶ》なんか出ない細い腕を振り上げて、力説してくれちゃっているところ邪魔して悪いが、ちょっと待て。

「私、女だけど」

それでいいわけ？

「知ってるよ。アシ、男だから問題ないでしょ」

そりゃ、戸籍上はね。身体だって、改造手術をしたって話は聞いてないから、男性のままなんだろうけれど。でもさ。

「碧って、心は女の子なんじゃないの？」

少なくとも私は、そういうつもりで接していた。身体は男の子だけれど、碧は私の大切な女友達。だからこそ複雑で、私の心がもやもやしていたわけじゃない。碧に恋しちゃいけない、って。恋愛対象として見ていると知ったら、碧が戸惑って、もうこれまで通りの仲ではいられない、って考えたから。

「そういうの、よくわからない」

自分の心が男か女か。碧はそういうことをまったく考えずに、好きなように行動していたらしい。気に入った服があったら、男物とか女物とか考えずに着たいと思う。仕草やしゃべり方は、自然に自分の中からわき出てきたものを使う。他人からどう見られているか、なんて、碧の中ではどうだっていいことだったのだ。

何だ、何だ。もしかして私は、親友のことをずーっと誤解していたのか？

「聞きにくいけど、この際はっきりしておこ？　碧の恋愛対象ってどっちなの。ちなみに私の場合は、自分では恋愛するなら男の人と、だと思っている。あ、もちろんこれまで経験ゼロだから、絶対そうだって断言はできないけれど」

私は早口でまくし立てた。自分のことまで披露《ひろう》したのは、ただ聞くだけではフェアじゃないと思ったからだ。

「アシも、今までどっちとも恋愛したことがないからわからない。でも」

碧は摑んでいた私の手を、ぎゅっと握った。

「カスミがアシ以外の男とそういうことしたら嫌だ。カスミを誰かにとられたくない。男にも女にも」

「……碧」

「そう言った途端、睦美ちゃんに腹蹴られたんだ」

碧は首をすくめた。

「そっか」

その瞬間、睦美はリングを下りたんだ、きっと。そして、私を勝者のもとへと送り出した。

「碧」

私の右手を握っている碧の左手の上に、私の左手を載せる。

「碧は、私と同じような気持ちでいてくれたんだ」

更に碧の右手が上に重なり、二人の手を包み込んで一つの塊《かたまり》になった。

「私も、碧を誰かにとられたくない。ずっと側にいたい」

「じゃあ——」

「でも、結婚って一足飛びすぎるでしょ」

私は、自分の両手をスルリと引き抜いた。

「私たち、無理して変わろうとするのやめない？」

睦美にけしかけられたから、急いで恋に発展させる、なんて変だ。私たちは、自分たちのペースで進んだほうがいい。

「今まで通りの二人から始めようよ」

その延長線上に、生涯のパートナーになるっていう未来があったらいい。私は、碧と一生離れずにいられる。

「キスとかしないの？」

碧が聞いてきた。

「したくなったらしよう」

「うん」

こうあるべきだ、なんて私たちにはいらない。したくなったらする、それが自分たちらしさだと思えた。

「結婚も？」

「そう」

「了解」

親指を立てて応える碧は、どこかホッとした顔をしていた。たぶん、一世一代のプロポーズは彼にも相当のプレッシャーがかかっていたのだろう。

上を向いていた親指が、ゆっくり下を向く。それに合わせたみたいに、碧の視線が下降していく。

「寝ないでよ」

ほっぺたをつねる。そうだ、この子ったら、極度の緊張がほぐれると眠くなっちゃうんだっけ。

「違う、違う。忘れてた、これ」

碧は床に放置してあった自分の荷物からごそごそと何か布のような物を取りだし、私に差し出した。

「あれ……」

この布、この花柄、見覚えがある。私が試着してやめて碧が買ったスカートだ。

「あげる」

「え？」

「作り直したから」

「ええっ？」

乱暴に畳《たた》んであったのを開いてみると、確かにあの巻きスカートが姿を変えている。

小柄な私にぴったりの、ノースリーブのワンピースだ。

「碧がリメイクしたの？」

「うんっ」

元気よくうなずく。知らなかった、碧ってファッションデザイナーの才能があるんじゃないの？　縫《ぬ》い目もすごく丁寧《ていねい》だし。

「これ着てさ、この間の続きしよ。カスミがチラシもらった、例のエスニック料理の店行こ」

「今から？　ランチの時間に間に合うかな」

「終わってたら、ディナーにしよう」

「あったまいいー」

私たちは手をつないで、歩きだした。

長い廊下を進んで、校舎を出て、校庭へ。

陸上部の生徒たちは、グラウンドの内側で休憩中だった。スポーツドリンクをちびちび口にしながら、こちらをちらちら気にしている。

私たちは、彼らの目にどう映っているのだろう。

どんな関係かは謎かもしれないけれど、幸せそうな二人には見えているはずだった。

「ねえ、碧」

校門を出たところで、私は思い出して言った。

「私、いびきかくらしいんだけど」

「うん」

碧はカラッと笑った。

「知ってるよ」

6

八月のとある平日、私は大学の敷地内にいた。

「だーかーら、キャンプのテントっていったら山の形したあれだろう」

「でも、実際はキャンプじゃないんだし、大がかりじゃなくていいじゃないか」

秋臣《あきおみ》と与羽《よはね》が、珍しく口論している。

「どうしたの？」

買い出しに行って戻ってきた碧が、私に尋ねた。

「ああ、結局二人とも別々にテントを準備してきちゃったんだって」

地面に杭を挿《さ》して固定する三角の本格的な大きいテントと、ワンタッチで簡単に開いたり畳んだりできる小さいテント。私たち女子は、「住《す》み処《か》」にマットを敷いて寝ることになっているから、どっちだっていいじゃーんと遠巻きに眺《なが》めている。

「あ、碧」

「お前、どっち支持?」

第三の男出現に、秋臣と与羽がジャッジを迫る。

「どっち、って……」

その表情。どっちも「あんまり」の模様。碧は秋臣と与羽に背を向けて、也子《なりこ》に「ねえ」と甘えた声を出した。

「駄目《だめ》」

也子が顔の前で、手で×《ばつ》を作った。

「まだ何も言ってない」

「住み処で寝たい、って言うんじゃないの?」

それは正解だったらしく、碧は首をすくめた。

「やっぱ駄目か」

「駄目に決まってるでしょ。碧を泊めるくらいなら、与羽のほうがまだ安全だわ」

勘《かん》が鋭い也子は、私と碧の様子がこれまでと微妙に違っていることを察知し、碧を「男」扱いすることにしたらしい。

「外、虫いるからなぁ」

ぶつぶつ言ってる碧の横で、買い物袋を覗いていた柚花《ゆか》が叫んだ。

「あーっ、碧ったらこんないい肉買ってきちゃって。しかも少なっ」

「えー、そう?」

「えー、そう? じゃないわよ。あんた、いいとこのぼんぼんなんじゃないっ? あー、もうっ、どうして私碧なんかに肉を頼んじゃったんだろう。小鳥の餌《えさ》かよ、全然足りないよ」

この世の終わり、みたいにうちひしがれる柚花。肉の量が少ないのは、どうしても我慢ならないらしい。

「肉、追加で買ってこようか?」

再び校門の方角に一歩踏み出した碧を、柚花が引き留めた。

「いい。私が行く。こんな調子で買い物してたら、集めたお金がなくなっちゃう。明日から毎食カップ麵《めん》、なんて嫌だからね私」

買い物下手《べた》のぼんぼんから財布をふんだくって、怒りにまかせて走り出す柚花。それを也子が追いかけた。

「ちょっと待って、スーパーなら私も一緒に行く」

学校に来て店開きしたら、まだいろいろ足りない物が判明したから、って。

「じゃ、アシは何をしたらいいかな」

つぶやく碧に、私は提案した。

「手があいてるなら、丸太でも切ってる?」

秋臣がやりかけたまま、テントの件で与羽と論争が始まってしまったため、軍手とノコギリが放置されていた。

「丸太?　バーベキューは炭でしょ?」

「その丸太は作品の材料」

「ああ、そっか」

これからこの一本の丸太が、私たちの魔法にかかって、色鮮やかなトーテムポールのダルマ落としに変身する。

「よっしゃ。見てて」

こんな細い腕で、木なんか切れるのかな、と心配になったが、本人は意外にやる気満々だ。軍手をはめて、ノコギリの柄を摑んだところで、

「碧ー」

秋臣と与羽の急《せ》かすような呼び声が、青空に木霊《こだま》する。

どうしよう、って私を見るから、「行ってくれば？」と声をかけた。まだ合宿は始まったばかりだし。丸太はあとでみんなで切ればいい。この調子だと、行くまで「碧」「碧」とうるさく名前を呼び続けられそうだ、たぶん。二人ともさっきビールを飲んでいたから、悪酔いしちゃっているんだ。

「困ったなぁ」

持っていたノコギリを地面に置き、軍手を脱ぎ、やけくそのように走っていく碧は、相変わらずユニセックスな格好をしている。

「もう、どっちだっていいってばー」

紗《しゃ》でできた長いジレが翻《ひるがえ》って、碧の背中に天使の羽を生やした。

手を振って見送る私は、お気に入りの黄色いワンピースを着ている。

※この作品はフィクションです。実在の人物・団体・事件などにはいっさい関係ありません。

集英社オレンジ文庫をお買い上げいただき、ありがとうございます。
ご意見・ご感想をお待ちしております。

● あて先
〒101-8050　東京都千代田区一ツ橋2-5-10
集英社オレンジ文庫編集部 気付
今野緒雪先生

集英社
オレンジ文庫

Friends

2015年11月25日　第1刷発行

著　者　今野緒雪
発行者　鈴木晴彦
発行所　株式会社集英社
〒101-8050東京都千代田区一ツ橋2-5-10
電話【編集部】03-3230-6352
【読者係】03-3230-6080
【販売部】03-3230-6393（書店専用）
印刷所　図書印刷株式会社

※定価はカバーに表示してあります

ISBN 978-4-08-680047-1 C0193

集英社オレンジ文庫

日高砂羽

ななつぼし洋食店の秘密

未だ震災の復興途上の帝都、東京。
没落華族の令嬢・十和子に、新興企業の
若社長・桐谷との結婚話が持ち上がる。
それに対して、十和子が出した条件は
「わたしのすることに干渉しない」こと。
彼女は下町で洋食屋を営んでいて…?

集英社オレンジ文庫

紙上ユキ

金物屋夜見坂少年の怪しい副業

金物屋を生業としている夜見坂少年。
しかし、副業の「まじない業」のほうが
繁盛している。ある日、男爵家から
呪殺阻止の依頼が舞い込み…？

集英社オレンジ文庫

櫻川さなぎ

恋衣神社で待ちあわせ

神社のバイトに応募したはずが、巫女カフェで働くことになった女子高生のすず。想定外の事件に巻き込まれて!?

恋衣神社で待ちあわせ2

神主・波留斗のもと、恋衣神社で巫女さんのバイトを始めたすず。ある日、不審な電話がかかってきて…。

好評発売中

集英社オレンジ文庫

きりしま志帆

四つ葉坂よりお届けします

郵便業務日誌

鶲《ひばり》ヶ《が》原《はら》に暮らす春日浦ハルは、
四つ葉坂郵便屋の窓口で働いている。
大好きな先輩・六嘉に叱られながらも
幸せな毎日を過ごす中、出したはずの
手紙がなくなったという告発があり!?

集英社オレンジ文庫

赤城 毅

桜守兄弟封印ノート

〜あやかし筋の双子《ジェミニ》〜

もののけを感じる力を隠し、大学生活を
送る美形の双子・光也と音也。だが
ある日、幼なじみの智佳に岸田教授の
もとへ連れて行かれると、「幽霊屋敷」
の謎を解くよう頼まれてしまい…!?

集英社オレンジ文庫

相川 真

明治横浜れとろ奇譚 堕落者たちと、ハリー彗星の夜

時は明治。役者の寅太郎ら「堕落者《だらくもの》（＝フリーター）」達は
横浜に蔓延《はびこ》る面妖な陰謀に巻き込まれ…！？

明治横浜れとろ奇譚 堕落者たちと、開かずの間の少女

堕落者トリオは、女学校の「開かずの間」の呪いと
女学生失踪事件の謎を解くことになって…！？

好評発売中

集英社オレンジ文庫

陽丘莉乃

ユーレイギフト

二度目のさよなら、包みます

大学進学を機に上京した鈴歩は、
幼い頃大好きだった祖母と疎遠なまま
死に別れたことを後悔している。
そんなとき、死んだ人にプレゼントを
届けられるという包装店の存在を知って…!?